Like Blowing Shadow
欧阳昱 译

她在笑
人类的
笑容
不需要
翻译

CHUI YING
汉英对照

吹　影

时代出版传媒股份有限公司
安徽文艺出版社

娜　夜　著

娜夜　南京大学中文系毕业。曾长期从事新闻媒体工作，现为专业作家。著有诗集《起风了》《个人简历》《娜夜的诗》等。获第三届鲁迅文学奖、人民文学奖、十月文学奖、扬子江诗歌奖、草堂诗歌奖、屈原诗歌奖，入选中宣部全国宣传文化系统"文化名家"暨"四个一批"人才。

Na Ye, graduated from the Department of Chinese Language, Nanjing University. She was engaged in news media and now is a professional writer. Her publications include poetries *The Wind Was Rising, Personal Profile and Na Ye's Poetry* etc.. She has won The 3rd Lu Xun Literary Award, People's Literature Prize, October Literature Prize, Yangtze Jiang Poetry Journal Awards, Thatched Cottage Poetry Awards, Qu Yuan Poetry Prize, received titles include The Master in Culture and The Talented People of 'Four Batches', awarded by Publicity Department of the Communist Party of China.

CHUI YING
汉英对照

Like Blowing Shadow
欧阳昱 译

吹　影

娜　夜　著

时代出版传媒股份有限公司
安徽文艺出版社

图书在版编目（CIP）数据

娜夜诗集.3，吹影：汉英对照/娜夜著；欧阳昱译.—合肥：安徽文艺出版社，2022.10

ISBN 978-7-5396-7381-3

Ⅰ．①娜… Ⅱ．①娜… ②欧… Ⅲ．①诗集－中国－当代－汉、英 Ⅳ．①I227

中国版本图书馆CIP数据核字(2021)第279404号

出 版 人：姚 巍	统 筹：张妍妍
责任编辑：姚 衎 柯 谐	装帧设计：张诚鑫

出版发行：安徽文艺出版社　www.awpub.com
地　　址：合肥市翡翠路1118号　邮政编码：230071
营 销 部：(0551)63533889
印　　制：安徽新华印刷股份有限公司　(0551)65859551

开本：880×1230　1/32　印张：4.5　字数：100千字
版次：2022年10月第1版
印次：2022年10月第1次印刷
定价：280.00元(精装，全三册)

（如发现印装质量问题，影响阅读，请与出版社联系调换）

版权所有，侵权必究

目　录
CONTENTS

001 / 在这苍茫的人世上

002 / In This Boundless World

003 / 生活

004 / Life

005 / 起风了

006 / The Wind Was Rising

007 / 酒吧之歌

008 / The Song of the Bar

009 / 幸福

010 / Happiness

011 / 从酒吧出来

012 / Coming Out of the Bar

014 / 合影

016 / A Group Photo

018 / 点赞

019 / Praise

020 / 睡前书

021 / Written Before I Went to Sleep

022 / 一首诗

023 / A Piece of Poetry

024 / 青海　青海

025 / Qinghai, Qinghai

026 / 手语

027 / Sign Language

028 / 十九楼

029 / On the Nineteenth Floor

030 / 没有比书房更好的去处

031 / No Place Better than the Study

032 / 喜悦

034 / Pleasure

036 / 想兰州

038 / Missing Lanzhou

040 / 这里……

043 / Here...

046 / 移居重庆

047 / Migrating to Chongqing

048 / 写作

050／Writing

052／所有的

053／All

054／西北风就酒

056／To Wash Down the North-western Wind With Liquor, Like the Dishes

058／六一

059／June 1st

060／云南的黄昏

061／At Dusk in Yunnan

062／一团白

063／A Mass of White

064／大雾弥漫

066／As Dense Fog Pervades

068／干了什么

069／What Has She Done?

070／诗人

072／The Poets

074／夜归

075／Return at Night

076／西夏王陵

077／The Imperial Tombs of Western Xia

079 / 纸人

081 / Papermen

083 / 现在

084 / Now

085 / 手写体

087 / Handwriting

089 / 交谈

090 / A Conversation

091 / 跳舞吧

092 / Shall We Dance

093 / 在时间的左边

094 / On the Left Side of Time

095 / 抑郁

096 / Depression

097 / 下午

098 / Afternoon

099 / 说谎者

100 / The Liar

101 / 眺望

102 / Watching

103 / 阳光照旧了世界

105 / The Sunshine Made the World Old

107 / 我梦见了金斯伯格

108 / I Dreamt of Ginsberg

109 / 确认

111 / To Confirm

113 / 哪一只手

114 / Which Hand?

115 / 聊斋的气味

117 / The Smell of Liaozhai

119 / 母亲

120 / Mother

121 / 如果

122 / If

123 / 摇椅里

124 / In the Rocking Chair

125 / 我知道

126 / I Know

127 / 忏悔

128 / A Confession

129 / 聊天室

131 / The Chatroom

133 / 漫山岛

135 / Manshan Island

在这苍茫的人世上

寒冷点燃什么
什么就是篝火

脆弱抓住什么
什么就破碎

女人宽恕什么
什么就是孩子

孩子的错误可以原谅
孩子　可以再错

我爱什么——在这苍茫的人世啊
什么就是我的宝贝

In This Boundless World

Whatever coldness sets fire to
It is the bonfire

Whatever fragility grabs hold of
It is broken

Whatever a woman forgives
It is a child

Mistakes by the child can be forgiven
The child   can keep making mistakes

Whatever I love—in this boundless world
It is my treasure

生 活

我珍爱过你

像小时候珍爱一颗黑糖球

舔一口

马上用糖纸包上

再舔一口

舔得越来越慢

包得越来越快

现在　只剩下我和糖纸了

我必须忍住：忧伤

Life

I have treasured you

Like the way I treasured a black candy ball when I was little

Licked it

And wrapped it up with candy wrapper at once

I licked it again

But at a lower and lower speed

I wrapped it up faster and faster

Now   nothing is left except me and my candy wrapper

I have to bear it: sadness

起风了

起风了　我爱你　芦苇
野茫茫的一片
顺着风

在这遥远的地方　不需要
思想
只需要芦苇
顺着风

野茫茫的一片
像我们的爱　没有内容

The Wind Was Rising

The wind was rising   I love you   reeds

A vast wildness

Along the wind

In such a faraway place   no need

For thoughts

All one needs are the reeds

Along the wind

A vast wildness

Like our love   no content

酒吧之歌

我静静地坐着　来的人
静静地
坐着

抽烟
品茶
偶尔　望望窗外
望一望我们置身其中的生活

——我们都没有把它过好!

她是她弹断的那根琴弦
我是自己诗歌里不能发表的一句话

两个女人　静静地　坐着

The Song of the Bar

Quietly, I am sitting   the one who comes

Is

Quietly sitting

Smoking

Sipping the tea

And occasionally   looking outside the window

Looking at the life in which we are located

——Neither of us has lived it well!

She is the string of the instrument that she has broken

And I am a remark unpublishable in my own poetry

Two women   are quietly   sitting

幸　福

大雪落着　土地幸福
相爱的人走着
道路幸福

一个老人　用谷粒和网
得到了一只鸟
小鸟也幸福

光秃秃的树　光秃秃的
树叶飞成了蝴蝶
花朵变成了果实
光秃秃地
幸福

一个孩子　我看不见他
——还在母亲的身体里
母亲的笑
多幸福

——吹过雪花的风啊
你要把天下的孩子都吹得漂亮些

Happiness

Heavy snow was falling   happy earth
People in love were walking
Happy road

An old man   got a bird
With grains and a net
The little bird was also happy

Bare trees   bare
Leaves turned into butterflies
Flowers turned into fruits
Barely
Happy

An enfant   I couldn't see him
—Was still inside his mother's body
Mother's smile
So happy

—The wind blowing across the snowflakes
Please blow   so all the kids under heaven are pretty

从酒吧出来

从酒吧出来
我点了一支烟
沿着黄河
一个人
我边走边抽
水向东去
风往北吹
我左脚的错误并没有得到右脚的及时纠正
腰　在飘
我知道
我已经醉了
这一天
我醉得山高水远
忽明忽暗
我以为我还会想起一个人
和其中的宿命
像从前那样
但　没有
一个人
边走边抽
我在想——
肉体比思想更诚实

Coming Out of the Bar

Coming out of the bar

I lit up a cigarette

Along the Yellow River

Me, alone

Walked and smoked

The water ran east

The wind blew north

The mistakes made by my left foot were not corrected by my right foot in time

My waist   was drifting

I knew

I was drunk

That day

I got drunk as a boiled owl

Light and dark

I thought I'd recall someone

And the fate

Like before

But   no

Alone

I walked and smoked

And I was thinking—

Flesh was more honest than idea

合　影

不是你！是你身体里消失的少年在搂着我
是他白衬衫下那颗骄傲而纯洁的心
写在日记里的爱情
掉在图书馆阶梯上的书

在搂着我！是波罗的海弥漫的蔚蓝和波涛
被雨淋湿的落日　无顶教堂
隐秘的钟声

和祈祷……是我日渐衰竭的想象力所能企及的
美好事物的神圣之光

当我叹息　甚至是你身体里
拒绝来到这个世界的婴儿
他的哭声
——对生和死的双重蔑视
在搂着我

——这里　这叫作人世间的地方
孤独的人类
相互买卖

彼此忏悔

肉体的亲密并未使他们的精神相爱
这就是你写诗的理由？一切艺术的

源头……仿佛时间恢复了它的记忆
我看见我闭上的眼睛里
有一滴大海
在流淌

是它的波澜在搂着我！不是你
我拒绝的是这个时代
不是你和我

"无论我们谁先离开这个世界
对方都要写一首悼亡诗"

听我说：我来到这个世界就是为了向自己道歉的

A Group Photo

Not you! It's the disappeared teenager in your body
that's holding me
It's his proud and pure heart underneath his white shirt
The love written in a diary
The book dropped on the steps leading to the library

Holding me! It's the blueness and the waves permeating in
the Baltic
The setting sun wetted by the rain   the topless church
The mysterious sound of the bells

And prayers…that my gradually withered imagination could reach
And the sacred light of things beautiful

When I sigh it's even the baby in your body that refuses to come to
this world
His cry
—his double contempt for life and death
Is holding me

—Here   in this place that is called the human world

The solitary people

Are buying and selling

And mutually repenting

The intimacy of flesh has not made their spirits fall in love

Is that the reason for you to write poetry?

The source of all art... as if time had recovered its memory

I see in my closed eyes

A drop of ocean

Is dripping

It's the wave that is holding me! Not you

What I have rejected is this age

Not you, not me

"Whoever leaved first from the world

Should write an elegy"

Listen: I've come to this world to apologize for myself

点　赞

我为灵魂的存在和量子纠缠点赞

为暗物质和瓦楞上的无名草

为我书房里两只毛茸茸的鸟

在一幅画的山水中获得了永生

为空荡的监狱

成为被大地遗忘的石头

风沙变成芝麻

为我们这一代人

所经历的……

银杏叶飞舞着来世

成为金色蝴蝶的愿望

为重庆的太阳

但我有时又站在大雾一边

为这样的上帝：

要善待儿童和诗人

因为他们是我的使者……

我为世界各博物馆的敦煌文物点赞

——在　就是好

Praise

Praise the existence of soul and the entanglement of quantum

Praise dark matter and the nameless grass on the roof tiles

Praise the two fluffy birds in my study

That have acquired eternity in the mountains and waters of a painting

Praise an empty jail

For having turned into a stone forgotten by the earth

The way wind and sand have turned into sesame

Praise this generation for what they have experienced...

The ginkgo leaves fly and dance for their wish

To become golden butterflies hereafter

Praise the sun in Chongqing

Although sometimes I side with the dense fog

Praise such a God:

Please treat kids and poets well

Because they are my messengers...

Praise the Dunhuang cultural relics from the museums around the world

—It's good as long as they are there

睡前书

我舍不得睡去
我舍不得这音乐　这摇椅　这荡漾的天光
佛教的蓝
我舍不得一个理想主义者
为之倾身的：虚无
这一阵一阵的微风　并不切实的
吹拂　仿佛杭州
仿佛正午的阿姆斯特丹　这一阵一阵的
恍惚
空
事实上
或者假设的：手——

第二个扣子解成需要　过来人
都懂
不懂的　解不开

Written Before I Went to Sleep

I couldn't tear myself away and go to bed

Couldn't, from this music   this rocking chair   this ripply skylight

The Buddhist blue

I couldn't tear myself away from the nothingness

An idealistl earns for

The breeze, ripple after ripple   is not real

Blowing   like in Hangzhou

Like noon in Amsterdam   ripple after ripple

Trance-like

Empty

In fact

Or hypothetical: hands—

The second button needs to be unbuttoned   someone who has experience

All understand

Those who don't understand   can't unbutton it

一首诗

它在那儿
它一直在那儿
在诗人没写出它之前　在人类黎明的
第一个早晨

而此刻
它选择了我的笔

它选择了忧郁　为少数人写作
以少
和慢
抵达的我

一首诗能干什么
成为谎言本身？

它放弃了谁
和谁　伟大的
或者即将伟大的　而署上了我——孤零零的
名字

A Piece of Poetry

It is there
It's been there
Isn't written by a poet   before the dawn of humanity
In the first morning

And at this moment
It has chosen my pen

It's chosen melancholy   to write for the few
Me
Who can be reached by few
By slowness

What can a piece of poetry do?
Become the lie itself?

Who and who has it given up on?
the great
Or the to-be great signed on it instead—my lonely
Name

青海　青海

我们走了
天还在那儿蓝着

鹰　还在那儿飞着

油菜花还在那儿开着——
藏语大地上摇曳的黄金
佛光里的蜜

记忆还在那儿躺着——
明月几时有
你和我　缺氧　睡袋挨着睡袋

你递来一支沙龙：历史不能假设
我递去一支雪茄：时间不会重来

百年之后
人生的意义还在那儿躺着——
如果人生
有什么意义的话

Qinghai, Qinghai

We are gone

The sky is still blue there

The eagle is still flying there

The canola flowers are still blooming there—
The gold swaying in the land of Tibetan
The honey in the light of Buddha

Memory is still lying there—
When will we have the bright moon
You and I in lack of oxygen sleeping bag to sleeping bag

You passed a Salem to me: History is not hypothetical
I passed a cigar to you: Time won't return

A century later
Life's meaning still lies there—
If there is any meaning
In life

手　语

两个哑孩子
在交谈　在正午的山坡上

多么美　太阳下他们已经开始发育的脸
空气中舞蹈的：手
缠绕在指间的阳光　风　山间溪水的回声
突然的
停顿
和
跳动
多么美

——如果　没有脸上一直流淌着的泪水……

Sign Language

Two mute kids

Were talking   on the mountain slope at noon

So beautiful   their faces beginning to develop in the sun

Dancing in the air: the hands

The sunlight   the wind   the echoes of the mountain creeks, en-twining the fingers

A sudden

Pause

And

Bounce

So beautiful

—If   there aren't tears that have been running nonstop down their faces...

十九楼

一根丝瓜藤从邻居的阳台向她午后的空虚伸来
它已经攀过铁条间的隔离带
抓紧了可靠的墙壁
21世纪　植物们依然保持着大自然赋予的美妙热情
而人心板结
荒漠化
厌世者也厌倦了自己
和生活教会她的
十九楼
她俯身接住一根丝瓜藤带来的雨珠和黄昏时
有些哽咽：
你反对的
就是我反对的

On the Nineteenth Floor

A loofah vine extends itself from the neighbour's balcony to the emptiness of her afternoon

It has climbed over the belt of separation between the iron bars

And taken a tight grab of the reliable wall

In the twenty – first century   the plants still maintain the beautiful enthusiasm

Which nature bestows on

While the human hearts harden

Become deserts

The misanthropist has grown weary of herself

And of what life has taught her...

On the nineteenth floor

When she leans to take the raindrops brought by the loofah vine and the dusk

She's choking up:

What you are against

Is what I'm against

没有比书房更好的去处

没有比书房更好的去处

猫咪享受着午睡
我享受着阅读带来的停顿

和书房里渐渐老去的人生

有时候　我也会读一本自己的书
都留在了纸上……

一些光留在了它的阴影里
另一些在它照亮的事物里

纸和笔
陡峭的内心与黎明前的霜……回答的
勇气
——只有这些时刻才是有价值的

我最好的诗篇都来自冬天的北方
最爱的人来自想象

No Place Better than the Study

There's no place better than the study

Where my kitten is enjoying a nap
And I, am enjoying a break brought by my reading

And the aged life in the study

Sometimes　I may also read a book of my own
All left on the paper...

Some light is left in its own shadows
And others, in the things it is lighting up

The paper and the pen
The steep heart and the pre–dawn frost...the courage
To reply
—Only these moments are of value

My best poems come from the north in winter
And my best love comes from my imagination

喜　悦

这古老的火焰多么值得信赖
这些有根带泥的土豆　白菜
这馒头上的热气
萝卜上的霜

在它们中间　我不再是自己的
陌生人　生活也不在别处

我体验着佛经上说的：喜悦

围裙上的向日葵爱情般扭转着我的身体：
老太阳　你好吗？

像农耕时代一样好？
一缕炊烟的伤感涌出了谁的眼眶

老太阳　我不爱一个猛烈加速的时代
这些与世界接轨的房间……

朝露与汗水与呼啸山风的回声——我爱

一间农耕气息的厨房　和它
黄昏时的空酒瓶

小板凳上的我

Pleasure

The ancient flame is so trustworthy

These potatoes and the bok choy with mud and roots

The steam on this steamed bun

The frost on the turnip

Among them

I'm no longer a stranger to myself

And I no longer live elsewhere

I experience what is said in the Buddhist scriptures: pleasure

The sunflower on my apron, like love, twists my body:

Old sun　how are you going?

As good as in farming era?

Sadness, like a wisp of chimney smoke, comes surging out of whose eyes

The old sun

I do not love a vast speeding age

These rooms that are connected with the world...

Morning dew and sweat and echoes of the roaring mountain wind—

I love

A kitchen with smell of farming and its

Empty bottles at dusk

Me on a small stool

想兰州

想兰州
边走边想
一起写诗的朋友

想我们年轻时的酒量　热血　高原之上
那被时间之光擦亮的：庄重的欢乐
经久不息

痛苦是一只向天空解释着大地的鹰
保持一颗为美忧伤的心

入城的羊群
低矮的灯火

那颗让我写出了生活的黑糖球
想兰州

陪都　借你一段历史问候阳飏　人邻
重庆　借你一程风雨问候古马　叶舟
阿信　你在甘南还好吗

谁在大雾中面朝故乡
谁就披着闪电越走越慢　老泪纵横

Missing Lanzhou

Missing Lanzhou
As I walk I miss
Friends who used to write poetry together with me

I miss our capacity for liquor when young   hot blood   on the plateau
Things polished by the light of time: solemn pleasure
Everlasting

Pain is an eagle that explains the earth to the sky
Keeping a sad heart for beauty

Sheep that have entered the city
Lights that are low

The black candy ball that induced me to write about life
Missing Lanzhou

Peidu   I'll greet Yang Yang and Ren Lin   by borrowing a section of your history
Chongqing   I'll greet Gu Ma and Ye Zhou   by borrowing a trip of

your wind and rain

Ah Xin　are you okay in south Gansu

Whoever faces his or her home in the dense fog

Will walk slower, shrouded in a lightning　tears running down the face

这里……

没弄丢过我的小人书

没补过我的自行车胎

没给过我一张青春期的小纸条

没缝合过我熟得开裂的身体……这里

我对着灰蒙蒙的天空发呆　上面

什么都没有　什么都没有的天空

鹰会突然害怕起来　低下头

有时我想哭　我想念高原之上搬动着巨石般

大块云朵的天空　强烈的紫外线

烘烤着敦煌的太阳　也烘烤着辽阔的贫瘠与荒凉

我想念它的贫瘠！

我想念它的荒凉！

我又梦见了那只鹰　当我梦见它

它就低下翅膀　驮起我坠入深渊的噩梦

向上飞翔　它就驮着我颤抖的尖叫

飞在平坦的天上——当我

梦见他！

这个城市不是我的呓语　冷汗　乳腺增生

镜片上的雾也不是　它不是我渴望的

同一条河流

一个诗人床前的

地上霜　我抬头想什么

它永远不知道！渐渐发白的黎明

从未看见我将手中沉默的烟灰弹进一张说谎的

嘴——　它有着麦克风的形状

我更愿意想起：一朵朵喇叭花的山冈

和怀抱小羊的卓玛　神的微笑

在继续……那一天

我醉得江山动摇

那一天的草原　心中只有牛羊

躺在它怀里　我伸出舌头舔着天上的星星：

"在愿望还可以成为现实的古代……"

黎明的视网膜上

一块又似烙铁的疤

当它开始愈合　多么痒

它反复提醒着一个现场：人生如梦

你又能和谁相拥而泣

汉娜·阿伦特将一场道德审判变成了一堂哲学课

将她自己遗忘成一把倾听的椅子

失去故乡的拐杖……

人类忘记疼痛只需九秒钟

比企鹅更短

那颤抖的

已经停下

永不再来

只有遗忘的人生才能继续……这里

我栽种骆驼刺　芨芨草　栽种故乡这个词

抓起弥漫的雨雾

一把给阳关

一把被大风吹向河西走廊

而此刻　我疲倦于这漫长的

永无休止的热浪　和每天被它白白消耗掉的身体的激情

Here…

I've never lost my comic books

I've never got my bicycle tires repaired

I've never received a slip of paper for my puberty period

I've never sewn together my body, ripe for ripping apart…here

I blankly stare at the grey sky   in it

There is nothing   in a sky with nothing

An eagle takes a sudden fear   and lowers its head

Sometimes I want to cry   I miss the sky over the plateau that seems

To be moving rock-like clouds   strong ultraviolet light

The sun that is toasting Dunhuang   and the vast poverty and desolation

I miss its barrenness!

I miss its desolation!

I dream of the eagle again   when I dream of it

It lowers its wings   and carries me downwards into the nightmare of the abyss

Flying upwards   it carries my shivering shrieks

To fly over the plain sky—when I

Dream of him!

This city is not my raving   cold sweat   breast hyperplasia

Nor is the fog on the mirror   not the one I'm after:
The same river before a poet's bed
The frost on the ground it'll never know
What I'm thinking of when I raise my head the whitening dawn
Has never seen me flip the silent ash in my hand into a lying
Mouth—it's got the shape of a microphone
I prefer to think of: a hill of morning glories
And Zhuoma holding a lamb in her arms the smile of a god
Continuing the other day
I was so drunk the rivers and the mountains shook the grassland
that day
There were only cows and sheep in my heart lying in their arms
I stuck out my tongue to lick the stars in the sky:
"In the ancient times when wishes could come true…"
On the retina of dawn
Another scar that looked like an iron
When it began healing so itchy
It kept reminding of a scene: life is but a dream
Who can you hold and cry together
Hannah Arendt turned a moral trial into a class of philosophy
Forgetting herself till she turned into a listening chair

Losing the stick of home

It takes human beings nine seconds to forget the pain

Shorter than a penguin

The trembling

Has stopped

Never returned

Only the forgettable life can continue...here

I plant the camel thorn   Achyranthes splendens   planting the word of hometown

I grab hold of the pervasive rain and fog

I'll give a handful to Yangguan

With another handful blown by the big wind to the Hexi Corridor

And, at the moment, I'm weary of this prolonged

ceaseless heat wave and the passion of my body wasted by it in vain

移居重庆

越来越远……

好吧重庆

让我干燥的皮肤爱上你的潮湿

我习惯了荒凉与风沙的眼睛习惯你的　青山绿水

法国梧桐

银杏树

你突然的电闪雷鸣

滴水的喧嚣

与起伏的平静

历史在这里高一脚低一脚的命运——它和我们人类

都没有明天的经验

和你大雾弥漫

天地混沌时

我抱紧双肩茫然四顾的自言自语：越来越远啊……

Migrating to Chongqing

Getting further away...

All right, Chongqing
Let my dry skin fall in love with your moisture
My eyes, used to the desolation and rivers and sand, have been used to your green mountains and waters
The French platanus
The gingko trees
Your sudden flashes of lightning and thunder
The commotion of dripping water
And the heaving quietness
The fate of history, one step higher, one step lower here—with us mankind
Has no experience of tomorrow
When together with your heavy fog
With heaven and earth merged in chaos
I hold my shoulders, looking around blankly and talking to myself:
Getting further away...

写　作

让我继续这样的写作：
一条殉情的鱼的快乐
是钩给它的疼

继续这样的交谈：
必须靠身体的介入
才能完成话语无力抵达的……

让我继续信赖一只猫的嗅觉：
当它把一些诗从我的书桌上
叼进废纸篓
把另一些
叼回我的书桌上

让我亲吻这句话：
我爱自己流泪时的双唇
因为它说过　我爱你
让我继续

女人的　肉体的　但是诗歌的：
我一面梳妆

一面感恩上苍
那些让我爱着时生出了贞操的爱情

让我继续这样的写作:
"我们是诗人——和贱民们押韵"
——茨维塔耶娃在她的时代
让我说出:
惊人的相似

啊呀——你来 你来
为这些文字压惊
压住纸页的抖

Writing

Let me carry on with writing like this:

The pleasure of a fish which has committed suicide for love

Is the pain the hook gives it

Keep talking like this:

One must reach what discourse can't

By the intervention of body...

Let me continue to trust the smell of a cat:

Let it take some poems from my desk

To the wastepaper basket

And bring some other of them

Back to my desk

Let me kiss this remark:

I love my lips in tears

Because they said   I love you

Let me continue

The woman's   the body's   but the poetry's

As I put on makeup

I thank God

And love that breeds chastity when I am in love

Let me carry on with writing like this:

"We are the poets—rhyming with the subalterns"

—Tsvetayeva in her age

Let me say it:

Amazing similarities

Ah—come, you, come

Help these words get over the shock

And press down the trembling paper

所有的

所有突然发生的……我都认定是你

一条空荡的大街

镜子里的风

脸上晃动的阳光

突然的白发

连续两天在上午九点飞进书房的蜜蜂

掉在地上的披肩

要走的神

和要走的人

心前区刺痛

划破我手指的利刃

包裹它的白纱布

继续渗出纱布的鲜血

所有发生在我身上的

都有你

All

All that suddenly happened...I identify as you

An empty street

The wind in the mirror

The sun swaying on the face

The sudden white hair

The bee that flew into my study at 9 a. m. for two days in a row

A shawl dropped on the ground

The god who was going to leave

And the one who was going to leave

A piercing pain in the precordial region

The sharp blade that cut my finger

The white gauze that wrapped it up

The fresh blood that kept seeping out of the gauze

All that happened on me

Had you in it

西北风就酒

西北风就酒
没有迷途的羔羊前来问路

我们谈论一条河的宽阔清澈之于整个山河的意义
彼岸之于心灵

中年之后
我们克制着对人生长吁短叹的恶习

不再朝别人手指的方向望去
摆放神像的位置当然可以摆放日出

你鼓掌
仅仅为了健身

真理与谬误是一场无穷无尽的诉讼
而你只有一生

自斟自饮　偶尔也自言自语
时代在加速　我们不急

远处的灯火有了公义的姿态却缺乏慈悲之心
我们也没有了一醉方休的豪情

浮生聚散云相似
唯有天知道

每次我赞美旅途的青山绿水
我都在想念西北高原辽阔的荒凉

To Wash Down the North-western Wind With Liquor, Like the Dishes

To wash down the north-western wind with liquor, like the dishes
with no stray lambs coming up to ask for directions

We are talking about the width and cleanness of a river and its
meaning to all the mountains and rivers
And the meaning of the other side to the mind

After the middle age
We refrain ourselves from the bad habit of sighing about life

And we have stopped looking in the direction that others point
Sunrise, of course, can also be placed where God's statues are
placed

You clap your hands
Only for the purpose of improving your health

Truth and falsehood are in an endless litigation
But you only have one life

We pour ourselves a drink and drink it and, occasionally, we talk to ourselves

Times are speeding up we are in no hurry

Lights in the distance strike a righteous attitude but lack a heart of mercy

And we no longer have the passion for getting drunk, once and for all

In a floating life, gatherings and departures are like the clouds

Only heaven knows

Every time I sing praise of the green mountains and rivers on my journey

I miss the vast desolation of the plateau in the northwest

六 一

它还小
叫声带着绒毛
啄我花盆里的紫苏叶
我翻书时　它颤动　不飞走

——你刚认识天空
生活　已被我简化为书和阳台上的花草

我们
有过目光相对的一瞬　风吹来草木之香
——我的目光
也带着些绒毛：六一快乐

June 1st

It is still small

Pipping a downy chirp

Pecking on the purple perilla in the pot

When I turn the page, it flails but doesn't flee

—The sky is brand new to you

My life has boiled down to books and balcony plants

We made eye contact in the woodsy scented breeze

— My eyes

Salute it with a downy look: Happy Children's Day

云南的黄昏

云南的黄昏

我们并没谈起诗歌

夜晚也没交换所谓的苦难

两个女人

都不是母亲

我们谈论星空和康德

特蕾莎修女和心脏内科

谈论无神论者迷信的晚年

一些事物的美在于它的阴影

另一个角度：没有孩子使我们得以完整

At Dusk in Yunnan

At dusk in Yunnan

We didn't talk about poetry

Nor did we exchange the so-called suffering at night

Neither of us two women

Was a mother

We talked about the starry sky and Kant

Mother Teresa and cardiology

About the evening years atheists were superstitious about

The beauty of certain things lay in their shadows

Another angle: with no children, we are complete

一团白

这样的时刻　谁
是一团白
挤过门缝里的黑夜
径直　向着你的方向

从欲望里飘出
又隐入欲望
一团痴迷的雾
在感动自己的路上
只有形状
没有重量

向着你的方向
比秘密更近
比天堂更远
在曲折的疼痛和轻声的呼唤之上
此时此刻
在苍茫的中央

A Mass of White

At such time   who
Is a mass of white
The dark night squeezing into the crack of the door
Straight   in your direction

Floating out of desire
Then hiding in it
A mass of obsessed fog
On the way that has moved itself
With shape
But without weight

In your direction
Closer than the secret
Further than the heaven
Above tortuous pain and gentle cries
Right here and now
In the centre of boundlessness

大雾弥漫

我又开始写诗
但我不知道　为什么

你好：大雾
世界已经消失
你的痛苦有了弥漫的形状

请进　请参与我突如其来的写作
请见证：灵感和高潮一样不能持久

接下来是技艺　而如今
你的人生因谁的离去少了一个重要的词

你挑选剩下的：厨房的炉火
晾衣架上的风　被修改了时间的挂钟

20世纪的手写体：……

人间被迫熄灭的
天堂的烟灰缸旁可以继续？我做梦

它有着人类子宫温暖的形状
将不辞而别的死再次孕育成生

教堂已经露出了它的尖顶
死亡使所有的痛苦都飞离了他的肉体

所有的……深怀尊严
他默然前行

一只被隐喻的蜘蛛
默默织着它的网　它在修补一场过去的大风

As Dense Fog Pervades

I've begun writing poetry again
But I do not know why

How are you: dense fog
The world has disappeared
And your pain has a permeated shape

Please come in   to take part in my sudden writing
Please witness: inspiration, like an orgasm, can't last for long

What follow are skills   and now
Your life, because of someone's departure, lacks an important word

You choose what remains: the stove fire in the kitchen
The wind on the clothes hangers a wall clock whose time has been revised

The hand-writing from last century: ...

What was forcibly extinguished in the world
Continue by the side of an ashtray in the heaven? I have a dream—

It has the warm shape of a human womb

It turns death, leaving without a goodbye, once again into life!

The church has revealed its spire

And death has made all the pain fly away from its body

Everything...with dignity deeply contained

He walks forward, in silence

A metaphorical spider

Is weaving its net, in silence, is repairing a gale of the past

干了什么

——她在洗手

——她一直在洗手

——她一直不停地在洗手

——她把手都洗出血来了

——她干了什么?

——到底……干了什么?

What Has She Done?

——She's washing her hands

——She's been washing her hands

——She's been washing her hands nonstop

——She's washing her hands till they bleed

——What has she done?

——What on earth...has she done?

诗　人

你有一首伟大的诗　和被它毁掉的生活
你在发言
我在看你发言

又一个
十年

我们中间　有些人是墨水
有些人依旧像纸

春风吹着祖国的工业　农业　娱乐业
吹拂着诗歌的脸
诗人　再次获得了无用和贫穷

什么踉跄了一下
在另一个时代的眼眶　内心……

当我们握手　微笑　偶尔在山路上并肩
在春风中——
我戒了烟
你却在复吸

我正经历着一场必然的伤痛

你的婚姻也并不比前两次幸福　稳固

The Poets

You have a great poem   and the life destroyed by it
You are making a speech
I'm watching you make a speech

Another
Decade!

Among us...some are ink
Some are still like paper

The spring wind is blowing across motherland's industries
agriculture entertainment
Is blowing across the face of poetry
Poets   once again secure uselessness and poverty

Something stumbles
In the eye-socket of another age inner heart...

When we shake hands   smile   occasionally walk shoulder by
shoulder on the mountain path
In the spring breeze

I've quitted smoking

But you've resumed it

I'm suffering from a necessary ache

And your marriage is not happier or more stable than your previous two

夜　归

你带来政治和一身冷汗

嘴上颤抖的香烟　你带来漆黑
空荡的大街

鸽子的梦话：有时候　瞬间的细节就是事情的全部！

被雨淋湿的风
几根潮湿的火柴　你带来人类对爱的一致渴望

你带来你的肉体……

它多么疲惫
在卧室的床上

Return at Night

You've brought politics and a cold sweat

The cigarette trembling on your mouth   you've brought darkness
An empty street

The words dove talked in its dream: sometimes   details of the moment are the whole thing!

Wind moistened by the rain
A number of moistened matchsticks   you've brought a unified human desire for love

You've brought your flesh...

So tired
In the bed of her bedroom

西夏王陵

没有什么比黄昏时看着一座坟墓更苍茫的了
时间带来了果实却埋葬了花朵

西夏远了　贺兰山还在
就在眼前
当一个帝王取代了另一个帝王
江山发生了变化?

那是墓碑　也是石头
那是落叶　也是秋风
那是一个王朝　也是一捧黄土

不像箫　像埙——
守灵人的声音喑哑低缓：今年不种松柏了
种芍药
和牡丹

The Imperial Tombs of Western Xia

Nothing is more boundless than watching a tomb at dusk
Time has brought fruit but buried flowers

Western Xia is distant   although the Helan Mountains are still there
Right in front of my eyes
When one emperor replaced another
Did the mountains and rivers change?

It's a tombstone   also a stone
It's the fallen leaves   also autumn wind
It's a dynasty   also a handful of yellow soil

Not like a Xiao, a vertical bamboo flute more like a Xun* —
The vigil keeper said in a hoarse and sluggish voice: no more cypresses any more
We'll plant Shaoyao
And peony*

* An ancient earthen egg-shaped wind instrument, used to play music in a Confucian shrine ceremony – translator's note.

* Both are translated in English as "peony" but with slight differences as Shaoyao is shorter than Mudan. While Shaoyao is grass-based, Mudan is wood-based-translator's note.

纸　人

我用纸叠出我们
一个老了　另一个
也老了
什么都做不成了
当年　我们消耗了多少隐秘的激情

我用热气哈出一个庭院
用汪汪唤出一条小狗
用葵花唤出青豆
用一枚茶叶
唤出一片茶园
我用：喂　唤出你
比门前的喜鹊更心满意足
——在那遥远的地方

什么都做不成了
我们抽烟　喝茶　散步时亲吻——
额头上的皱纹
皱纹里的精神

当上帝认出了我们

他就把纸人还原成纸片

这样的叙述并不令人心碎
——我们商量过的：我会第二次发育　丰腴　遇见你

Papermen

I created us with a folded piece of paper

One was getting old   the other was

Also getting old

Can't do anything

In those days, though, we consumed so much hidden passion

I created a courtyard by breathing out a hot breath

I called out a puppy with bark

I called out the green peas with sunflowers

I called out a tea garden

With a single tealeaf

And I called you out, with "hi"

More content than the magpie outside the door

—in the distant place

Nothing can do anymore

We smoked   we drunk tea   we kissed while taking a walk—

Wrinkles on the foreheads

And spirit in the wrinkles

When God recognized us

He restored the papermen to paper pieces

Such a description was not heart-breaking
—We've discussed it before: I shall develop for a second time
To become plump   and to meet you

现　在

我留恋现在

暮色中苍茫的味道

书桌上的白纸

笔

表达的又一次

停顿

危险的诗行

——我渴望某种生活时陡峭的　内心

Now

Now I miss

The taste of boundlessness in the evening

White paper on the desk

A pen

Another pause

In the expression

Dangerous lines of poetry

—I desire a steep heart in a certain life

手写体

翻看旧信
我对每个手写体的你好
都答应了一声
对每个手写体的再见

仿佛真的可以再见——
废弃的铁道边
图书馆的阶梯上
歌声里的山楂树下
在肉体　对爱的
记忆里

在爱
爱了又爱
在一切的可能和最快之中……

还有谁　会在寂静的灯下
用纸和笔
为爱
写一封情书
写第二封情书……

——"你的这笔字就足以让我倾倒"
你还能对谁这么说?

Handwriting

As I went through the old letters
I replied to "hello" from every style
Of handwriting
And it was as if I could really bid farewell

To the farewell from every style of handwriting—
By the side of the abandoned railway
On the staircase of the library
Under the hawthorn trees in the song
In the memory of love
In the flesh

Love after love
In all possibilities and the fastness…

Who else is there
It is under the silent lamplight
And with paper and pen
Write a love letter
And another one
For love

—"Your handwriting is enough to turn me on"

Who else can you say now?

交　谈

你不会只觉得它是一次简单的呼吸
你同时会觉得它是一只手
抽出你肉体里的　忧伤
给你看
然后　放回去
还是你的

你甚至觉得它是一个梦
让你在远离了它的现场
侧身
想哭

可我怎么能遏制它迅速成为往事啊

A Conversation

You won't just find it a simple breath

You, at the same time, will feel it's a hand

That takes sadness out of your body

And shows it to you

Then   puts it back

It's still yours

You even feel that it's a dream

That makes you turn on your side

Want to cry

When you are on your side

But how can I prevent it from quickly becoming a history

跳舞吧

我存在
和这世界纠缠在一起

我邀请你的姿态谦恭而优雅
我说:跳舞吧
在月光里

慢慢
弯曲

在
月光里

月光已经很旧了
照耀却更沉　更有力

我在回忆　在慢慢
想起

你拥着我　从隔夜的往事中
退出

Shall We Dance

I exist

Entangled with this world

The way I invite you is modest and elegant

I say: Let's dance

In the moonlight

Slowly

Bending

In the

Moonlight

Which has been very much used

But its shine is heavier   more powerful

I'm reminiscing

Recalling slowly

You held me to retreat

From the past of the previous night

在时间的左边

是劳动的间歇
或一年中的好时光就要过去
画布上的女人们
在时间的左边
晾晒着酒枣香气的身体

这样的香气里
有没有游丝般隐秘的哀愁?

在微醉的群山和哗哗的流水之间
在往昔与未来的风口
因劳动和幸福而得到锻炼的双乳
——它的美
一点也不显得奢侈
和浪费

呵　好时光
一轮好太阳
在它就要消失的时候
竟怀着对女人和流水的歉疚

On the Left Side of Time

It is an interval of labour

Or the best time of the year that is about to pass

Women on the canvass

On the left side of time

Are airing their bodies giving forth the smell of liquor-saturated dates

In such fragrance

Is there sorrow with secrets like gossamers?

Between the slightly drunken hills and splashing running water

And in the mouth of wind between the past and the future

Breasts, exercised by labour and happiness—Their beauty

Neither seem extravagant nor wasteful

At all

Ah   good times

The wonderful sun

Before it's about to disappear

It feels guilty for women and flowing water

抑 郁

她给患抑郁症的丈夫带来了童话
她用童声朗读着它
她带来雪花的笑声
蜂的甜蜜
带来魔术师的手臂
在消毒水气味的春天里
她用身体里的母性温暖着他
在他抑郁的身体上
造了一百个欢悦的句子
花落了又开
春去了又来
泪水漫过她的腰
在消毒水气味的春天里
在一棵香椿树下
她像知识分子那样
低声抽泣——
而这一切
并不能缓解他的抑郁

Depression

She brought a fairytale to her husband suffering from depression

She read it aloud in a childlike voice

She brought the laughter of snowflakes

The sweetness of bees

She brought the arms of a magician

In a spring smelling of disinfectant

She warmed him up with the motherliness in her body

She made a hundred happy sentences

Over his depressed body

Flowers fell and blossomed

The spring went and came again

Tears rose above her waist

In the spring smelling of disinfectant

Under a Chinese toon tree

She, like an intellectual

Was sobbing in a low voice—

But nothing she did

Could lessen his depression

下　午

又一个下午过去了
我人生的许多下午这样过去——
烟在手上
书在膝上或地上
我在摇椅里
天意在天上
中年的平静在我脸上　肩上　突然的泪水里：
自然　你的季节所带来的一切　于我都是果实

Afternoon

Another afternoon has just gone

Many afternoons in my life have gone, like that—

Cigarettes in my hand

Books on my lap or on the floor

I'm sitting in a rocking chair

The will of heaven in the sky

Quietness of middle age on my face my shoulders in the sudden tears:

Nature   everything your seasons have brought   all are fruits for me

说谎者

他在说谎
用缓慢深情的语调

他的语言湿了　眼镜湿了　衬衣和领带也湿了
他感动了自己
——说谎者
在流泪

他手上的刀叉桌上的西餐地上的影子都湿了
谎言
在继续

女人的眼睛看着别处：
让一根鱼刺卡住他的喉咙吧

The Liar

He's telling lies

In a tone that is slow and affectionate

His language is sodden   his glass is sodden   so are his shirt and tie

He has moved himself

—The liar

Is shedding tears

His knife and fork, the Western food on the table and the shadow

on the floor, all are sodden

His lies

Are continuing

The woman is looking elsewhere:

Let a fishbone get stuck in his throat

眺 望

风云从苍白转向暗红
在窗前迂回

炉火熄灭了
一堆冷却的铁
和背过脸的裸体
仍维持着烘烤的姿态
倚窗眺望的女人
她的紫色乳房
高过诱惑
装满遗忘

她看见了时间也不能看见的

Watching

The wind and the cloud are turning from pale to dull-red

Becoming circuitous around the window

The fire dies down in the fireplace

A heap of cold iron

And nudes with their faces turned back

Still maintain the posture of getting warm by the fire

The woman is leaning against the window and watching

Her purple breasts

Higher than seduction

Filled with forgetfulness

She has seen what time can't see

阳光照旧了世界

弥漫的黄昏与一本合上的书
使我恢复了幽暗的平静

与什么有关　多年前　我尝试着
说出自己
——在那些危险而陡峭的分行里
他们说：这就是诗歌

那个封面上的人——他等我长大……
如今　他已是无边宇宙中不确定的星光
和游走的尘土
哲学对他
已经毫无用处

品尝了众多的词语
曾经背叛
又受到了背叛
这一切　独特　又与你们的相同　类似？

阳光照旧了世界
我每天重复在生活里的身体

是一堆时间的灰烬　还是一堆隐秘的篝火

或者　渴望被命名的事物和它的愿望带来的耻辱？

幽暗中　我又看见了那个适合预言和占卜的山坡
他是一个人
还是一个神：
你这一生　注定欠自己一个称谓：母亲

The Sunshine Made the World Old

The pervasive evening and a closed book
Helped me recover a somber quietness

Having to do with something   many years ago   when I tried to
Speak myself out
—In those dangerous and steep lines
They said: This was poetry

The one on the cover—he's waiting for me to grow up
Now   he's but the uncertain starlight in the boundless universe
And a drifted dust
Philosophy is useless to him
Any more

Having tasted many words
Having betrayed
And been betrayed
All this   unique and same as yours   or similar?

The sunshine made the world old
My body repeated in life every day

Is a heap of time's ashes   or a heap of mysterious bonfire

Or   and the shame its hope can bring?

In the gloom   I saw the mountain slope fitting for prophesies and for divination
Is he a person
Or a deity:
You, for the rest of your life   are determined to owe yourself a title: Mother

我梦见了金斯伯格

我梦见了金斯伯格
他向我讲述垮掉的生活
缓慢　宁静　越来越轻

时间让生命干枯
让嚎叫变哑
金斯伯格没有了弹性

格林威治正是早晨
白雪和鸽子飞上了教堂

我梦见
我们是两本书
在时间的书架上
隔着那么多的书
他最后的声音译成中文是说：
别跟你的身体作对

I Dreamt of Ginsberg

I dreamt of Ginsberg

He told me his life as a beatnik

Slowness   quietness   getting lighter and lighter

Time exhausted life

Made the howling hoarse

So that Ginsberg lost his elasticity

It was just morning in Greenwich

When snowflakes and the doves were flying to the church

In my dream

We were two books

On the shelf of time

Separated by so many other books

His final voice, when translated into Chinese, was:

Don't fight against your own body

确　认

那是月光
那是草丛
那是我的身体　我喜欢它和自然在一起

鸟儿在山谷交换着歌声
我们交换了手心里的野草莓

那是湿漉漉的狗尾巴草　和它一抖一抖的
小茸毛　童年的火柴盒
等来了童年的萤火虫？

哦那就是风
它来了　树上的叶子你挨挨我　我碰碰你
只要还有树
鸟儿就有家

那是大雾中的你
你中有我？

那是我们复杂的人类相互确认时的惊恐和迟疑
漫长的叹息……就是生活

生活是很多东西

而此刻　生活是一只惊魂未定的蜘蛛
慌不择路
它对爱说了谎?

To Confirm

That is moonlight

Those are clusters of grass

That is my body   I like it to be with nature

Birds are exchanging songs in the valley

We have exchanged the wild strawberries in our hands

That is wet dog-tail grass   and its shivering

Fluff   matchboxes of childhood

Waiting till the fireflies of childhood come?

Oh, that's wind   it's coming

The leaves are nestling each other

As long as there are trees

There are homes for the birds

That is you in the dense fog

Am I in you?

That is the fear and uncertainty when we complicated humans mutually confirm

A long sigh... that is life

Life is consist of many things!

And now life is but a restless spider
That would choose any path in its panic
Does it tell lies to love?

哪一只手

这只手直截了当
这只手把每一分钟都当成
最后的时刻
这只手干得干净　漂亮
——气流　风　玻璃的反光
为这只手侧身让路
并帮它稳住了一只瓷瓶

月光在窗外晃来晃去
像是在梦境里搜索
这一只手
是哪一只手

Which Hand?

This hand was straightforward

This hand treated every minute

As the last moment

This hand did a clean pretty job

—The airflow   the wind   the reflection on the window

Made way for this hand

And helped it steady the china

The moonlight was swaying from side to side outside the window

As if searching in a dream

This hand

Which hand?

聊斋的气味

一件巴黎飞来的大衣把我带进了更凛冽的冬天
威士忌加苏打的颜色
聊斋的气味
纸上芭蕾的轻柔
痛苦削瘦着我的腰

肉体消失了　爱情
在继续？

——聊斋的气味
它使黑夜动荡
使所有的雪花都迷失了方向
使时间　突然
安静下来

我把脸埋在手里
像野花把自己凋零在郊外

一件巴黎飞来的大衣
把我带进更浓烈的酒杯　偶尔的
粗话

让我想想……

让我像一团雾
或一团麻　那样
想想

The Smell of Liaozhai*

An overcoat that flew from Paris took me into a colder winter
The colour of whisky and soda
The smell of Liaozhai
The softness of ballet on paper
The pain thinned my waist

The body was disappearing   could love
Still continue?

—The smell of Liaozhai
It made the night restless
And it disoriented all the snowflakes
It made time   go suddenly
And quietly

I buried my face in my hands
Like the wild flowers withering themselves in the outskirts of the city

An overcoat that flew from Paris
Took me to a stronger glass of wine   an occasional

Rude remark

Let me think…

Let me think
Like a mass of fog
Or a mass of hemp

* "Liaozhai" has no matching equivalent in English as it's half of the title from the famous novel by Pu Songling, *Liaozhai Zhiyi*, which was translated as *Strange Stories from a Chinese Studio*.

母 亲

黄昏。雨点变小
我和母亲在小摊小贩的叫卖声中
相遇
还能源于什么——
母亲将手中最鲜嫩的青菜
放进我的菜篮

母亲!

雨水中最亲密的两滴
在各自飘回自己的生活之前
在白发更白的暮色里
母亲站下来
目送我

像大路目送着她的小路

母亲——

Mother

At dusk. Raindrops were becoming smaller
Mother and I were meeting
Amidst street peddlers crying their wares
What else could this have stemmed from
Mother put the freshest vegetables in her hand
In my vegetable basket

Mother!

The two most intimate raindrops in the rain
Before they drifted back to their own lives
And in the dusk when white hair was whiter
Mother stood
And watched me leave

Like a main road watching her path

Mother—

如　果

如果暮色中的这一切还源于爱情——

手中的蔬菜
路边的鲜花
正在配制的钥匙
问路人得到的方向
一只灰鸟穿过飞雪时的鸣叫
一个人脚步缓慢下来时的内心

——冷一点　又有何妨
如果这一切都在抵达着夜晚的爱情

If

If all of these at dusk come from love originally—

Vegetables in hand
Flowers at the wayside
Keys being made
Directions gained from a passer-by
The calling of a bird that flies through the snow
The heart of someone whose steps are slowing down

—a bit cold   so what
If all of these are arriving at the love of the night

摇椅里

我慢慢摇着　慢慢
飘忽
或者睡去

还有什么是重要的

像一次抚摸　从清晨到黄昏
我的回忆
与遗忘
既不关乎灵魂也不关乎肉体

飘忽
或者睡去
空虚或者继续空虚……

隐约的果树
已在霜冻前落下了它所有的果实
而我　仍属于下一首诗——

和它的不可知

In the Rocking Chair

I slowly rock   slowly

Drift

Or fall asleep

Is there anything that is important now?

Like a touch   from morning till dusk

My memory

And my loss of it

Is neither related to soul nor flesh

Drifting

Or falling asleep

Feeling empty or continuing to feel empty...

Faintly, fruit trees

Have dropped all their fruits before the freezing frost

And I   still belong to the next poem—

And its unknowableness

我知道

我知道——整个下午她都在重复这句话

掩饰着她的颤抖　耻辱
她的一无所知

咖啡杯开始倾斜
世界在晃

"你知道　我比你更爱他的身体……"

是的我知道
我……知道

她希望自己能换一句话
等于这句话
或者说出这句话：
请允许我用沉默
维护一下自己的尊严吧

她希望能克制这样的眼前——
从生活的面前绕到了生活的背后

I Know

I know—she's been repeating this all afternoon

To cover up her tremble   her shame
Her ignorance

The coffee cup began tilting
The world was shaking

"You know   I love his body more than you do…"

Yes
I…know

She was hoping she could replace something
Equivalent to that remark
Or said something like this:
Please let me maintain my dignity
With silence

She was hoping to restrain the moment—
Encircling life by moving from the front to its back

忏 悔

——宽恕我吧
我的肉体　这些年来
我亏待了你

我走在去教堂的路上

用我的红拖鞋　用我的灯笼裤
腰间残留的
夜色

蛐蛐和鸟儿都睡着了
我还在走
所有的尘埃都落定了
我还在走

天空平坦
而忏悔陡峭

我走在去教堂的路上
崇高爱情使肉体显得虚幻
我的起伏是轻微的
我的忧郁也并未因此得到缓解

A Confession

—Forgive me
My flesh   for these many years
I have not been treating you well

I'm on my way to a church

With my red slippers   with my bloom pants
And the colour of the night
That remains around my waist

Crickets and birds are all asleep
I am still walking
All the dust has settled
I am still walking

The sky is flat
But the confession is steep

I am on my way to the church
Noble love makes the flesh illusory
My heaving is slight
And my sadness is not lessened because of this

聊天室

一个资产拥有者在抽烟　喝茶　玩打火机
咳嗽时　摸一下给市场经济
下跪过的双膝
他再一次强调：拒绝任何形式的回忆

我们的评论家　在批判一只鸟：
从民间的树杈向政府大楼的飞行中
这只鸟彻底完成了立场的转换
它的叫声
是可疑的
必须警惕

我喜欢的诗人　他们叫她
女诗人：
我被告知朗诵
就是说　我必须公开发表一次
我的脸蛋　三围　我新衣服里的旧身体

一个农药时代的菜农　正在努力表达
喜欢你以后……
他陷入了语言的沼泽地

每一次用力
都意味着更深的绝望

正是这个菜农
最后对互联网说:
再新鲜的语言也抵不过一把具体的菠菜

他的鹅毛笔一直在晃　是写童话的安徒生:
大雪已经落下
奇迹并没出现
卖火柴的小女孩全白了
在新年的钟声敲响之前
我必须让她哭泣的舌头　舔在我文字的
奶油蛋糕上

The Chatroom

An property owner is smoking   drinking tea   playing a cigarette−lighter

When he coughs   she touches the knees

Knelting for the market economy

He emphasizes once again: Rejecting memory of any form

Our critics   are criticizing a bird:

In its flight from the fork of a tree among the commoners to the government building

The bird has thoroughly completed the change of her position

Her calling

Is suspicious

That one must be vigilant about

The poet I like   they call her

A female poet:

I'm told to give a reading

That is to say   I must publicly publish for once

My face   my three dimensions   my old body in the new clothes

A vegetable grower in an age of pesticide   is trying to express

After liking you…

He sinks into the marshland of language

Every strenuous effort

Means deeper despair

It is the vegetable grower

Who speaks to the internet:

The freshest language is not as good as a handful of concrete spinach

His quill has been swaying   it's Anderson, the writer of fairytales

The big snow has fallen

No miracle has appeared

The little match girl is all white

Before the clock strikes for New Year

I must let her weeping tongue   lick the cream cake

Of my words

漫山岛

黄昏时上岛
更寂静了

小桥　流水　柴门　棉花地
押的都是平仄韵

什么都是远的
只有照在身上的阳光是近的

失去听力的老人
更加沉默
除了慈祥
从未奢望过另外的余生

因一朵蒲公英和两只小山羊
而跳跃
旋转
荷叶裙一圈一圈的
小女孩的快乐一直荡漾到天边

旧木窗的灯光　似萤火虫

路过的人

和神

要问候它

Manshan Island

Coming to the island at dusk

One senses an extra layer of silence

The foot bridges brooks wooden doors and cotton fields

All are with flat rhyme

All seems so faraway

Except the sun on my back

The golden-agers' hearing has gone

Making them even more unassuming

Other than kind

They have no other ambitions

Hopping and skipping

For a dandelion and two little lambs

And pirouetting in her ruffled skirt

A little girl unfurls her jubilation to the edge of the sky

When the old lattice window lights up

like a firefly

All passers-by and all saints

Pay homage to it.

寒冷点燃什么
什么就是篝火

NA YE SHIXUAN
1985—2022

娜夜诗选 1985—2022
时代出版传媒股份有限公司
安徽文艺出版社

娜夜 著

娜夜　南京大学中文系毕业。曾长期从事新闻媒体工作，现为专业作家。著有诗集《起风了》《个人简历》《娜夜的诗》等。获第三届鲁迅文学奖、人民文学奖、十月文学奖、扬子江诗歌奖、草堂诗歌奖、屈原诗歌奖，入选中宣部全国宣传文化系统"文化名家"暨"四个一批"人才。

NA YE SHIXUAN
1985—2022

娜夜诗选
1985—2022

娜 夜 著

时代出版传媒股份有限公司
安徽文艺出版社

图书在版编目（CIP）数据

娜夜诗集.1,娜夜诗选：1985—2022/娜夜著.—合肥：安徽文艺出版社,2022.10
ISBN 978-7-5396-7381-3

Ⅰ．①娜… Ⅱ．①娜… Ⅲ．①诗集－中国－当代 Ⅳ．①I227

中国版本图书馆CIP数据核字(2021)第279407号

出 版 人：姚 巍	统 筹：张妍妍
责任编辑：张妍妍 段 婧	装帧设计：张诚鑫

出版发行：安徽文艺出版社　　www.awpub.com
地　　址：合肥市翡翠路1118号　　邮政编码：230071
营 销 部：(0551)63533889
印　　制：安徽新华印刷股份有限公司　　(0551)65859551

开本：880×1230　1/32　印张：14.875　字数：250千字
版次：2022年10月第1版
印次：2022年10月第1次印刷
定价：280.00元(精装，全三册)

(如发现印装质量问题，影响阅读，请与出版社联系调换)

版权所有，侵权必究

目录
CONTENTS

卷一（1985—1999）
003 / 会讲故事的朋友
004 / 冬酒
005 / 像剑爱血
006 / 独一无二的早晨
007 / 眺望
008 / 开累的花
009 / 一朵花
010 / 刺的光芒
011 / 独白
012 / 共勉
013 / 爱　我的家
015 / 我用口红吻你
016 / 我什么都不能对一地白雪说
017 / 称之为：人
018 / 女人

019 / 为了爱的缘故

020 / 欢乐

021 / 把我留给自己

023 / 诉说

024 / 幸福不过如此

025 / 动词

026 / 承担

027 / 等待

028 / 之前

029 / 悲剧涌来的方向

030 / 这里的风不是那里的风

031 / 春天

032 / 大雨滂沱

034 / 空麦秆里的秋天

035 / 生活

036 / 还有别的

037 / 现在

038 / 一半

039 / 在一起

040 / 覆盖

041 / 交谈

042 / 作文

043 / 母亲

044 / 封面上的人

045 / 起风了

046 / 礼物

047 / 这不是我可以随便谈论的生活

048 / 飞雪下的教堂

049 / 在悲伤和虚无之间

050 / 一件事

051 / 干了什么

052 / 废弃的铁轨上

053 / 一团白

054 / 美好的日子里

055 / 在欲望对肉体的敬意里

057 / 一只非非主义的鼠

058 / 浅水洼

060 / 我挨着你

061 / 草原

062 / 墓园的雪

063 / 甘南碎片

067 / 哪一只手

068 / 慢

069 / 钟声里

070 / 隐喻

071 / 如果

072 / 在时间的左边

073 / 亲爱的补丁

074 / 布娃娃

075 / 最后的细节

076 / 那一天是哪一天

077 / 福利院

078 / 英雄·美

卷二（2000—2005）

081 / 从西藏回来的朋友

082 / 孤独的丝绸

084 / 无题

085 / 妇女节

087 / 沿河散步

089 / 声音

090 / 丝绸之路上的春天

092 / 广场

093 / 跳舞吧

094 / 震荡

095 / 故事

096 / 在这苍茫的人世上

097 / 婚姻里的睡眠

099 / 停顿

100 / 我梦见了金斯伯格

101 / 诗

102 / 忏悔

104 / 幸福

105 / 这个城市

106 / 表达

107 / 油画

108 / 梦回唐朝

110 / 儿歌

111 / 祈祷

113 / 对一尊塑像的凝望

114 / 花朵的悲伤减轻了果实的重量

116 / 聊斋的气味

118 / 干洗店的女孩

119 / 哀悼

120 / 拒绝

121 / 地板上的连衣裙

122 / 抑郁

123 / 厌倦

124 / 大白菜

125 / 死亡也不能使痛苦飞离肉体

126 / 说谎者

127 / 快乐

128 / 精神病院

129 / 写作

131 / 鞠躬

132 / 继续

133 / 纸人

135 / 短信

136 / 一个字

137 / 按照我的思想望去

138 / 欢呼

139 / 橙色和蓝色的

141 / 恐惧

142 / 重复

143 / 酒吧之歌

146 / 一本可能的书

147 / 树

148 / 现场

149 / 鲁院

150 / 你和我

151 / 手写体

153 / 自言自语

154 / 乡村

155 / 在梦里

156 / 动摇

157 / 从报社出来

159 / 小女孩

卷三(2006—2011)

163 / 新年

164 / 我知道

165 / 儿童节

167 / 真相

168 / 幻象

169 / 东郊巷

170 / 青春

171 / 一声喊

172 / 从酒吧出来

174 / 霜降

175 / 日记

176 / 切开

178 / 半个月亮

179 / 聊天室

181 / 孤儿院

182 / 暮年

183 / 望天

185 / 摇椅里

186 / 看海

187 / 母亲的阅读

188 / 阿姆斯特丹之夜

190 / 拉卜楞寺

192 / 甘南草原

193 / 采访本

194 / 再写闪电

195 / 禅修

196 / 反抗

197 / 陪母亲散步

198 / 北宋官瓷

199 / 判决

200 / 落实

201 / 停电

202 / 时间的叙事

204 / 标准

205 / 我需要这场雪

207 / 寺

208 / 阳光照旧了世界

210 / 西夏王陵

211 / 青海

212 / 回避

214 / 一盒香烟在飞翔

216 / 2008年5月19日

217 / 活着

219 / 新疆

220 / 两行

221 / 别

222 / 爱　直到受伤

223 / 2008年11月19日

224 / 梦

225 / 诗人

227 / 亲吻

228 / 静夜思

229 / 回答

230 / 睡前书

231 / 赫塔·穆勒

232 / 下午

233 / 事件

234 / 移居长安

235 / 家书

237 / 省略

239 / 信仰

240 / 哈尔滨　滑雪

241 / 浮动

242 / 首尔·早晨

243 / 坎布拉

244 / 汶川·父亲

246 / 晚年

247 / 当有人说起我的名字

248 / 某些命题下

249 / 小教堂

250 / 一首诗

251 / 青海　青海

252 / 风中的胡杨树

253 / 某地

254 / 云居山之夜

255 / 倾听之手

256 / 新年的第一首诗

258 / 2010年除夕

259 / 阿木去乎的秋天

260 / 手语

261 / 藏寨

262 / 人民广场

263 / 铜镜

264 / 夜归

265 / 我对她说

266 / 大于诗的事物

268 / 白银时代

卷四（2012—2018）

271 / 小和尚

272 / 诗歌问候哲学

274 / 云南的黄昏

275 / 自由

276 / 喜悦

278 / 夜晚的请柬

279 / 没有比书房更好的去处

280 / 村庄

281 / 确认

283 / 然而　可是

285 / 寂静之光

287 / 向西

289 / 秋天

290 / 合影

292 / 伯格曼墓地

293 / 神在我们喜欢的事物里

294 / 胡适墓

295 / 哥特兰岛

296 / 李白像前

297 / 移居重庆

298 / 西藏：罗布林卡

299 / 奇迹

300 / 哀

301 / 想兰州

303 / 涌泉寺祈求

304 / 诗人之心

305 / 两地书

306 / 所有的

307 / 博鳌

309 / 大雾弥漫

311 / 腾冲·国殇墓园

314 / 我想起

315 / 唱吧……

317 / 治疗

319 / 十九楼

320 / 古城墙

322 / 安检

323 / 圣彼得大教堂

325 / 大醉

326 / 安居古镇

328 / 这里……

331 / 星期天

332 / 诺贝尔湖

334 / 赵一曼故里

335 / 向北方

337 / 谎言

339 / 西北风就酒

341 / 西樵山

342 / 认亲

344 / 鼓掌

345 / 龙门石窟

347 / 草堂读诗

349 / 读卡夫卡

351 / 学府路

352 / 斯古拉

354 / 还是斯古拉

356 / 阳台上的摇椅

358 / 点赞

359 / 中川机场

360 / 林芝

361 / 第六病区

362 / 霍金

363 / 嘉陵江畔

364 / 汨罗江畔·独醒亭

366 / 对饮

368 / 溶洞

370 / 看熊猫

371 / 玉苍山

372 / 爱

374 / 读书日

375 / 落日仍在天上

卷五（2019—2022）

379 / 2019 年清明

380 / 邀请函

382 / 白帝城

383 / 夜观星象

385 / 东湖需要一首诗吗

386 / 先生

388 / 木屋一夜

390 / 旧衣服

391 / 弹奏

393 / 栽种玫瑰的人

395 / 三亚

397 / 写在母亲八十二岁

398 / 为此刻署名

399 / 这一张

401 / 祈愿锁

403 / 六一

404 / 端午

405 / 北斗星

406 / 惦念

407 / 去马尔康　途经汶川

409 / 尘世

410 / 芦苇荡

412 / 夜宿大王庄

413 / 你在敦煌

415 / 一盘棋

416 / 遗址·仓央嘉措修行之地

417 / 大师

418 / 云

419 / 好大的风

420 / 晚晴室

422 / 窗外的海

424 / 此岸

425 / 2020 年　几张照片

427 / 大疫之后

428 / 马王堆三号汉墓·博具

430 / 黄昏

431 / 许多时候

432 / 记

433 / 在黄果树瀑布想起伊蕾

435 / 木雕颂

437 / 微醺

439 / 郊外

440 / 默念

441 / 橘子洲头

442 / 海边

444 / 漫山岛

446 / 棉花籽

448 / 今日一别

450 / 欢喜

451 / 这一句与那一句

452 / 落笔洞

453 / 世界诗歌日

454 / 为一个诗人写一首诗

456 / 桃花源

卷一
（1985—1999）

会讲故事的朋友

你每个秋天里的故事
都离不开蜘蛛
蜘蛛总是没完没了地织网
听着
听着
我就落网了

1985.9

冬　酒

烧一壶老酒
暖冬天
喝不喝　都是幸福

随便说些什么都很惬意
谈谈雪　雪白不了鹰的翅膀

说说鱼　鱼在冰层下
仍然活得很健康

像那个黑衣人　和头顶的太阳聊着天
走得挺悲壮

揣一壶老酒
闯冬天
醉不醉　都说真话

1986.8

像剑爱血

遥遥注目　抑或
久久凝望
已不是一种年龄的姿态
我必须深入底层
获得本质
像剑爱血

灵魂游荡如魔
不断深入
不断浅出
因孤立而消瘦

一个孤立的灵魂
能说些什么：
　　　做一个水灵灵的弱者吧
　　　如果你是英雄

1990.4

独一无二的早晨

一只麋鹿在远方吃草
松鼠从一个光斑跳到另一个光斑
红狐狸摇着尾巴
望着树上的路

一只小鸟
在树的梢头
张开红嫩嫩的小嘴
它歌唱它本身

这些活泼的生命
在人类的噩梦中
互相赠送着欢乐

谁都没起床
谁都没看见

1991.2.22

眺　望

风云从苍白转向暗红
在窗前迂回

炉火熄灭了
一堆冷却的铁
和背过脸的裸体
仍维持着烘烤的姿态
倚窗眺望的女人
她的紫色乳房
高过诱惑
装满遗忘

她看见了时间也不能看见的

1992.3

开累的花

结婚以后
我是围裙上那朵
开累的花

娶亲娶来的花
尽量美
不伤人

腊月二十三
灶王爷上天
太阳从西边出来
照到东边的围裙上

我和花
一起
闪了腰

1992.12

一朵花

潜入你的寂寞的是谁的寂寞
一朵花
当一股风就要吹开你的瞬间
突然停止
这股风　具有
经验

1993.2.12

刺的光芒

我葱郁得多么干净
当钟声与红晕互奏挽歌
喇叭花与鸡冠花互吹暖风
我从胭脂里脱颖而出

鸟鸣以鸟鸣预言
补丁用补丁遮掩
一再忽略你　又发现你　爱上你

我能索取你什么
照耀我
并让我的浑身长满刺的光芒

我被羡慕的幸福　就在于
扭着一身小刺
对你坐卧不宁的
细细
挑
拨

1993.9.8

独 白

被称为女人
在这世上
除了写诗和担忧红颜易老
其他　草木一样
顺从

1994.4

共　勉

动情的诗
要写
平淡的日子　要过

穿得美丽些　再温柔些
对俗雅一些　对雅俗一些
对阴谋诡计笑一笑
——你戳穿他
比他更尴尬

只写诗　不说话
不说话
很有道理

1994.4

爱　我的家

因春光而明媚
落叶归根时我坠入我的爱
爱　我的家
让我把外面的风尘
关在外面

被清风细雨抚摩的幸福
可以拿到太阳下晾晒的幸福
让我心甘情愿
做一次袋鼠

一个女人的衣襟里
仅有爱　是不可靠的

像音符抓住了琴弦
你抓住了我以外的什么

随父姓的胎儿
我们的小王子
我努力把你的嘴型生得高贵
像你母亲

只传播幸福

不渲染苦难

1994.9

我用口红吻你

在时间与时间的交接处

擦亮一根火柴

点燃一支烟

三月回头一笑:瞧　她多么奢侈

我看见了自己昙花一现时的容颜

比初恋更美

生命就停在花瓣上

情有多长

一支烟的工夫?

我用口红吻你

你云遮雾罩的语言　从来

击不中我的要害

被痛苦削瘦的腰肢

却让你格外

赏心

悦目

1995.2

我什么都不能对一地白雪说

那摇曳的火光多么可疑
灯笼闹红的正月
纸里包火
我什么都不能对一地白雪说

我又能坚持多久
内心的虚弱使随之而来的惶恐
慌不择路
我的脚印比我更痴迷
比事情本身更真实
它发挥本能
与荣辱无关

我不再坚持
我的坚持并非孤立无援
现在　赞美我的皮肤　气味　脸蛋　小腿
他们用心忽略的
正是他们想要得到的

我什么　都不能对一地白雪说
1995.2.28

称之为：人

我们不再思想
能平安地活着
比什么都重要

我们提醒自己
太阳每天都是新的
这世界充满阳光

被东风吹倒
又被西风扶起

被动物称为：人
享受着这份荣誉
有时　却让我们在它们面前
抬不起头来

1995.3

女 人

灿烂和喧哗一起过去

谁还在镜前与时间抗衡
劣质的胭脂涂出廉价的红晕
比灰烬
更荒凉

那些表演意味更浓的所谓技巧
从来都达不到欢悦的本质
正日复一日地萎缩着
谁的欲望

送走一个春天明白一些忧伤
还有什么
可以使用
没有了
除了忠诚

1995.3.28

为了爱的缘故

花木们开始用香味彼此呼唤了

如此轻易地
把每一阵暖风的吹拂
亲切成你的触摸
我的思念伸出手来
摘到水中月
镜中花

一千只一万只蝴蝶的翅膀
飞过花蕊上的露珠　甜甜的
裂开一条小缝的
还有我长椅上的心

我将这样坐下去
为了爱的缘故　直到
把一些遗漏的细节
重新想起

1995.4

欢　乐

一首动情的歌轻轻传来
那片青紫的淤血
缓缓化开
是我从未见过的欢乐

最沉静的音符
将我更轻的身体更轻地托起
牵引我
沿着事物光明的方向

花儿香
花儿好
花开花落
谁知道

唱歌人
你知道了
我不是你的
又是谁的

1995.8.14

把我留给自己

柔软的床
让我昏睡不醒

醒来嘴唇很疼
我说出了什么
墙皮剥落
气球膨胀
食指和中指很疼
它们去了哪里
充当角色
梦境中的百合花已另有所爱
以白色囚徒的命运
倾斜从左边来
从右边来
从四面八方来

如此的阳光干净得如此可爱

绿叶相继枯黄
有人用脚步拯救心灵
有人用口红拯救爱情

我把眼睛重新闭上
把我留给自己

1995.10.29

诉 说

秋风对落叶诉说什么
我对你低吟：瞧　这世界
让我们脸红的事儿
已经不多

尘埃镀着阳光四处飞扬
隔夜的玫瑰沾满人为的露珠
面具征服面具
假拯救假

——出污泥而不染　那是荷的自诩

当我们的眺望
不再缺少雨露和阳光的抚慰
那忧郁在山岗上的落日
在思想什么

1996.6.12

幸福不过如此

你什么都知道
我什么都不说

在你的左边
风踩着又一年的落叶
有一种脚步　与别的
不同

我喜欢这一切
就像喜欢你突然转过身来
为我抚好风中的一绺乱发

——幸福不过如此

1996.8

动　词

这些活下来的
就在于比事物本身更美好
这些动词
付出露出破绽的代价　努力
抵达
像风中的花朵
努力镇定
让蜜蜂站稳
让生活的嘴唇重新甜蜜起来

——一首诗有多重？

1996.10

承　担

她被迫交出了指印
在落日与黑暗的交接处
比短更短
从崩溃到死亡
多长时间？

她晃了一下

活下来
承担　是一种美德

1996.12

等 待

雪地上
我写下鸟
就开始等待
我相信鸟看见了
就会落下来
站一站

鸟儿始终在树上

那些会使用米粒和网的孩子
抚摸了鸟的翅膀

1997·3

之 前

事情没有发生之前
想象是美的
露珠在上面
力量在下面
等待在安慰的中心

——有经验的雾　朦胧　是美的

是枝桠把果实低垂给大地的弯
这最美的弧
它有亲切的话
要说

1997.3.15

悲剧涌来的方向

还有什么比这更让我横生激情
面颊红润
你看我
就朝着悲剧涌来的方向
扭着
扑过去
我从未这样迫不及待

一束闪电已不能将我扶住

1997.4.10

这里的风不是那里的风

这里的风不是那里的风
这里的黑夜不知道
我一夜需要
几盏灯

我看上去三心二意
和萝卜保持着白菜的距离
和梦想保持着现实的距离
随时打消一些念头
一些白药片
又能使我安定多久

一些露山露水的词
暗号般吸引着我的灵魂

课堂
用天天向上
把我扶住

1997.5

春　天

被蜜蜂的小翅膀扇得更远
我喜欢它的歌唱
赞美中隐含祈祷

露珠抖动了一下
第一只蝴蝶飞出来
它替桃花喜欢自己

飞过冬天的鸟
站在光斑上
它干了的羽毛里
身体还是湿的呢

那片黄叶
从春天的和声中脱离出来
它在低处
向上祝福

1997·5

大雨滂沱

大雨滂沱
没有一片叶子
能挂住一滴水珠
　　——爱情在雨中

在滚动的雷声
和闪电的阴影中
一场准备好的梦
像那只鸟
栖息在黑暗中
它设计了自己的动作
和起飞的姿态
在后退的凝望中
完成着逃离的预想
　　——爱情在雨中

在悬空的坠落
和动摇的弯曲中
被淋湿的眼泪
不再是眼泪
　　——爱情在雨中

让明天的回忆把我拎出

在常青藤的座椅里

抚摸一场

燃烧后的

灰烬

1997.5

空麦秆里的秋天

时间　在我热爱的事物上降临
秋天抖动了一下
第一颗果实落下来

我的幸福渗出水来
有多少过去
留下现在

现在慢慢消失
这些树
一天比一天高

我已经挥霍不动你的收成了：秋天
让我在一根空麦秆里
握紧你的孤独

1997·5

生　活

我珍爱过你
像小时候珍爱一颗黑糖球
舔一口
马上用糖纸包上
再舔一口
舔得越来越慢
包得越来越快
现在　只剩下我和糖纸了
我必须忍住：忧伤

1997.7

还有别的

当我有了某种想法
谢谢你穿来了去年的衬衫

我看见我的家
和沾着草香的邻居——
怀孕的小白杨
顶着乌云的黑蘑菇
还有你们　高高低低的红嘴雀
正叽叽喳喳：瞧
那条小河还漂着冰碴呢

"我看见一个女孩倾身
倚在她的往事上面……"

还有别的
是我　想过的

1997·7

现 在

我留恋现在

暮色中苍茫的味道

书桌上的白纸

笔

表达的又一次

停顿

危险的诗行

——我渴望某种生活时陡峭的 内心

1997.8

一　半

丝瓜藤上的秋天还剩下一半
我得到了
想要的

我听见裙摆上的花对蜜蜂说：好

与以往不同　幸福
落到了实处
落到一把青菜
一块豆腐的精神上

被炊烟传得更远

1997.8.26

在一起

从纸上下来
在椅子上坐了很久

太阳剩下半张脸时
我的眼睛
确实看见了你的身体
和我
在一起
可我又是多么容易感到
你在事情之外的
荒凉
我反复抚摸的
只是你衣服上
一根多余的
线头

1998.1.22

覆　盖

一场雪　覆盖了许多
另一些
还露着

一个忧伤的肉体背过脸去

从天堂出发的雪花　并不知道
它们覆盖了什么
不知道
神　怎么说
人的历史
怎么说

宽恕一切的太阳
在积雪的瓦楞上
滴下了它冰冷的
眼泪

1998.2

交 谈

你不会只觉得它是一次简单的呼吸
你同时会觉得它是一只手
抽出你肉体里的　忧伤
给你看
然后　放回去
还是你的

你甚至觉得它是一个梦
让你在远离了它的现场
侧身
想哭

可我怎么能遏制它迅速成为往事啊

1998.2

作　文

在泥土之上
在呼唤之上
秋天的风　就要来了

就要来了
秋天的风

我要放下其他
拿起针线
去为另一个孩子把短袖接长

然后　说出那篇作文的开始
秋天的风和它的空麦壳
就要来了

1998.2

母　亲

黄昏。雨点变小
我和母亲在小摊小贩的叫卖声中
相遇
还能源于什么——
母亲将手中最鲜嫩的青菜
放进我的菜篮

母亲!

雨水中最亲密的两滴
在各自飘回自己的生活之前
在白发更白的暮色里
母亲站下来
目送我

像大路目送着她的小路

母亲——

1998.2

封面上的人

如此奢侈的仰望　高过梦想
高过天堂轰鸣的钟声
使多少方向
改变了初衷

冷静　柔软　被时间穿透的秋风
薄如蝉翼
使所有弯曲贴近内心
黑夜在东方发亮

——"我是你无数次搂抱过的女人"

低垂两滴悬空的泪
让仰望在疑惑中坚持
被自己弄脏的人
会被它
洗涤干净

1998.2

起风了

起风了　我爱你　芦苇
野茫茫的一片
顺着风

在这遥远的地方　不需要
思想
只需要芦苇
顺着风

野茫茫的一片
像我们的爱　没有内容

1998.3

礼 物

我该怎样装裱这幅画
人心中值得珍惜的方寸

用阳光的根须
第一夜的朝露
用宁静的筋骨
火焰的皱纹

它在左边
它在右边
在有害的时间
侧身绕过的地方

在一个诗人代替天空
呼吸新鲜空气的地方

1998.3

这不是我可以随便谈论的生活

这不是我可以随便谈论的生活

有人快乐了一些
有人嘟囔
有人一闪而过地洗掉了罪孽
有人捧到了幸福的谎言

——我爱眼前这一切
真实的生活
人们高一脚低一脚的命运

我爱那个捧着幸福谎言的人
轻松的脚步踩着风
不提问
也不回答

1998.3

飞雪下的教堂

在我的办公桌前　抬起头
就能看见教堂
最古老的肃穆

我整天坐在这张办公桌前
教人们娱乐　玩
告诉他们在哪儿
能玩得更昂贵
更刺激
更二十一世纪
偶尔　也为大多数人
用极小的版面　顺便说一下
旧东西的新玩法

有时候　我会主动抬起头
看一看飞雪下的教堂
它高耸的尖顶
并不传递来自天堂的许多消息
只传达顶尖上的　一点

1998.3

在悲伤和虚无之间

黑暗中
我低着我的头

在这之前
我多想赎回点什么
从这间房子里的这只钟

但　不能够

在悲伤和虚无之间
我
低着我的头

一个人
在暗处
让我把伤害　引向
自身

1998.5.23

一件事

我试着用另一件事
对比它的不同
却使它得到了深度的磨损

一件美好的事
在傍晚的秋风中
令我悲伤不已：
它就要缩小为日期
和名字

时间　我
想念他

1998.6

干了什么

——她在洗手

——她一直在洗手

——她一直不停地在洗手

——她把手都洗出血来了

——她干了什么?

——到底……干了什么?

1998.7

废弃的铁轨上

一截废弃的铁轨上
坐着的人　她
轻声
哼唱：
火车不会再来

小心的雀儿
小心地飞来
他们一起
轻声
哼唱：
火车不会再来

火车不会再来
一本忧伤的书
合上忧伤

1998.7

一团白

这样的时刻　谁
是一团白
挤过门缝里的黑夜
径直　向着你的方向

从欲望里飘出
又隐入欲望
一团痴迷的雾
在感动自己的路上
只有形状
没有重量

向着你的方向
比秘密更近
比天堂更远
在曲折的疼痛和轻声的呼唤之上
此时此刻
在苍茫的中央

1998.7

美好的日子里

多么不容易
我有时竟为此激动不已
一个人的到来
和整个春天的即将降临

一些相对而言的爱
像春风一样和煦
它就是春天的风
人群里　我感到眼眶潮湿

还有什么比这更靠不住
而值得渴望的呢
美好的日子里
我什么都知道
什么都不说——

一朵花　能开
你就尽量地开
别溺死在自己的香气里

1998.8

在欲望对肉体的敬意里

这样的鼾声和夜晚多么亲近
我看着你——
时间磨损着爱情
也把它擦亮

这些桌子　椅子　这张陌生
而洁净的床
都在这样的鼾声中踏实睡去

这么多年过去　我还爱着
这爱情提升着我
像秋天的落叶　又在春天
重返枝头

这么多年　你在我的诗歌中隐身
在我命运的侧面
在欲望对肉体的敬意里

我看着这一切——
月光在流动
黑夜在行走

我正在你身边

因为幸福

身体有了今天的姿态

1998.8

一只非非主义的鼠

它开始有点惊慌
在床的腰部
它甚至迈着绅士的步伐
完成了一次孤独者的
床上散步
然后　它轻轻一跳
沿着我的背影
向它的黑暗走去

我用猫的伎俩
陪它走了一会儿

1998.9.7

浅水洼

除了他们　还有我
享受着朴素的命运带来的
一心一意

如果这时雨停了
瓦楞上还滴着几滴
他们就会独自走出来
修伞人
磨刀人
扎花人
——一些简单的人
幸福　来自每一下
所用的力

雨点很大
落得很重
流水载着落花

如果雨停了
我们一起绕过一个浅水洼
它一望便知

我的心
离他们
有多近

1998.10

我挨着你

像幸福挨着幸福
我挨着你

多么矫情的陈述
全为强调他们坐过的位置
曾留在我们中间

这一刻的心满意足
能持续多久?

残酷的经验啊
使一个值得抒情的姿态
变成了说文解字的醒悟
我是他可以省略的偏旁
他是我可有可无的部首

——像错字挨着错字

1998.10

草　原

除了这些简单的绿
还有我
和漫不经心的羊

一朵云飘的时候是云
不飘的时候是云
羊一样暖和

被偶尔的翅膀划开的辽阔
迅速合拢

在我从未到达的高度
鹰
游戏着
俯冲的快感

落日和暮色跟在后面

1998.10

墓园的雪

凹陷和突兀的雪
偶尔的风

雪很美
无人打扰的雪
松鼠和鸟儿无人打扰的睡眠
很美

有人躺在雪的深处
沉思默想

雪压住墓园
正确和错误　在这里
显出同样的寂寞
雪　显出本身的白

1998.10.29

甘南碎片

1

晒佛节。佛一年出一次门
晒一次太阳
眯着眼　佛对温暖有什么感觉
我们当然不知道

2

三棵树的草原。第一棵和第二棵
保持着央金和扎西的距离
第三棵和我们
保持着眼睛和抚摸的
距离

3

郎木寺。光着脚的郎木寺
一只靴子在四川淋雨
一只靴子在甘肃踩沙
会飞的鸟

左边飞一小时

右边飞六十分钟

分界河里　会藏语的鱼

走在朝圣的路上

4

诗人们。叫不出名字的花朵

叫不出名字的情感

成为我们心中永远的痒

你们什么也没看见

是玛曲草原的鹰

在做梦

5

小卓玛。我给了你小梳子　指甲剪

和你捧在怀里的小镜子

你给了我格桑花的笑

这有多好

6

尕海。温柔啊
鬓边插露水也插羽毛的尕海
绿裙裾镶雪白边的尕海
想念人也想念神的
尕海

7

晚上。多好的月光
学着一只羊的样子
从一个栅栏
跳进另一个栅栏

神的微笑
在继续

8

芨芨草在期待不寻常的事物
阵雨停止了
一只蚂蚱把自己暴露出来
一条腿的蚂蚱
对秋天和那句民谚的有力踢蹬
让我不敢轻易觉悟人生

1998.11.20

哪一只手

这只手直截了当
这只手把每一分钟都当成
最后的时刻
这只手干得干净　漂亮
——气流　风　玻璃的反光
为这只手侧身让路
并帮它稳住了一只瓷瓶

月光在窗外晃来晃去
像是在梦境里搜索
这一只手
是哪一只手

1998.11

慢

他一只手揣在兜里
一只手挽着另一个人的爱

他消耗爱情的速度
是否有所改变？

像是放弃了目的
缓慢地享受着缓慢

肩比过去的平稳
风衣也比过去的长

是什么教会了一个男人
——慢

1999.1.25

钟声里

钟声里
有一朵云移动
缓慢　滞重　隐藏着春天的雷声
激烈的闪电
越来越低

我该在哪儿停下

让他看见春天时
我是他第一个
想拥抱的人

1999.2

隐　喻

隐喻是危险的

在一天的最后几分钟里
我嗑着瓜子
用瓜子皮摆出一只大甲虫

我说：卡夫卡
我说：大甲虫

钟声响过十二下
一只大甲虫诙谐的身体扭着风
在它信任的葵花香气里
遥望一轮明月
像隐喻的知道者

并不介意钟声里的明月
是民间的还是官方的　知识分子的
是上帝的
还是阿弥陀佛的

1999.4

如 果

如果暮色中的这一切还源于爱情——

手中的蔬菜
路边的鲜花
正在配制的钥匙
问路人得到的方向
一只灰鸟穿过飞雪时的鸣叫
一个人脚步缓慢下来时的内心

——冷一点　又有何妨
如果这一切都在抵达着夜晚的爱情

1999.5

在时间的左边

是劳动的间歇
或一年中的好时光就要过去
画布上的女人们
在时间的左边
晾晒着酒枣香气的身体

这样的香气里
有没有游丝般隐秘的哀愁?

在微醉的群山和哗哗的流水之间
在往昔与未来的风口
因劳动和幸福而得到锻炼的双乳
——它的美
一点也不显得奢侈
和浪费

呵　好时光
一轮好太阳
在它就要消失的时候
竟怀着对女人和流水的歉疚
1999.8

亲爱的补丁

像一块补丁
炫耀在一个漏洞上
一块比漏洞更危险的补丁

在这个下午
在这个时间顷刻到来之前
这不是我
想要的

不是我的肉体跪在自己的灵魂面前时
疼痛的裙裾
想要的

——亲爱的下午
或亲爱的补丁

1999.8

布娃娃

她的笑容潦草
她从未长大
忧郁是右颈上的一颗黑痣
有着生葡萄的酸涩
她靠静默而生存
除了想
她没有别的力气

她在哪儿　在一个人的手艺里
体味着周围的脾气　疑惑　低声抱怨
她熟悉这些善良　伤感的气味
亲昵喜鹊和白雪的声音

她有她的苦恼
空空的口袋里
永远等不到她想要的　那颗　糖

缝制她的人也看不清她
被她称为灯的月亮
才能照见她的全部

1999.9

最后的细节

在未来日子的某条街边你的胡须白了
我是怎样横穿过那条街道的呢

当我蹒跚着走回我的住所
打开抽屉上的锈锁
我会不会
还没解开捆扎着
那些信的绸带
就歪斜着身子
睡着了

多好的片尾啊

1999.10

那一天是哪一天

敲开门

你在喝水

你腾出一个合适的位置　给我

不明不暗

有着来去和伸缩的自由

零星的落雪

像我们零星的话语

你在喝水

我在看你喝水

梦幻触手可及

……

——那一天是哪一天

1999.11.8

福利院

许多纸
我们没写下什么
就成了废纸

有一张　不同
福利院的孩子
用春天的语调
把它读出声来
把细小的愿望读出声来
把驮走一块块阴影的翅膀
读出声来
喜鹊的叫声响在纸上

喜鹊的叫声响在纸上
当孩子们微笑——
朝着阳光温暖的一面

1999.12

英雄·美

英雄和美
都老了

一朵雪　在我们相握的手上
怀着时间和风雨的歉疚

雪花很小
落得很轻

有一句问候　与问候
不同
往昔在里面
未来也在

多好的眼前——
往事看着昨天
我
看着你

1999.12.11

卷二
（2000—2005）

从西藏回来的朋友

从西藏回来的朋友
都谈到了那里的蓝天和雪

谈到灵魂的事
仿佛一卷经书就足够了

大大小小的寺
仿佛一盏酥油灯就足够了

大喇嘛　小喇嘛　白白的牙
仿佛一碗圣水就足够了

牛的神
羊的神
藏红花的神
鹰的身体替它们飞翔

──一句唵嘛呢叭咪吽
就足够了

2000.2

孤独的丝绸

一只沉寂的蝴蝶
在孤独的丝绸上失眠
——夜　那么长

它看见虚幻的翅膀正在飞翔
飞翔掠过苍茫
看见一些月光在郊外怀旧

被她轰轰烈烈抛弃的
正是她想要的
——当她沉思　两个乳房　很重

它看见风　风吹过就走了
它看见雨　雨下完就停了
——夜　那么长

对应内心的渴望
它看见假花上的那只蜜蜂
不再飞走了
它把尴尬　一直
保持到最后

——"我多想是一片安眠药"

……一个假如
从丝绸上经过

失眠在飞翔
　　虚幻在飞翔
　　　　飞翔在飞翔
　　　　　　——夜　那么长

2000.2.5

无　题

看见他眼睛里的惊恐
你合上他的眼睛
听见他准备好的话
你捂住了他的嘴巴
你抚摸着他的双肩
拂去上面的风尘
你为他拉上被颤抖
拉开的拉链
在他疼痛的地方
吻了一下

他站在那儿
又暖
　　又凉

2000.2.23

妇女节

会议室里会有什么声音？

妇女的节日
妇女们聚在了一起
妇女们独自笑着
又相互笑着

情人节刚刚过去
挥发香水的最佳温度就要到来

越来越模糊——妇女们的笑
使阳光乏力
阵雨飘忽
一幅幅标语摇曳不已

收割后的向日葵
就是竖在大地上的一根根长杆子
就是会议室里的一幅画

有一刻

雨停了
妇女们在鼓掌

2000.3

沿河散步

像往常一样

我们沿河散步

交谈着心事之外的话题

沉默时　倾听

河水流去的声音

有一声叹息

轻于落叶

轻于听

有一些停顿

发生在内心

并不亲切

也不厌倦

散步时肩并着肩

一些情不自禁的哼唱

流行歌曲的歌词

像往常一样

他对着河水说

这歌词不错

对着河水

我也这么说

2000.3

声　音

一点点的声音
来自一只蜘蛛的许多只脚
它踩住了挤进门缝的阳光

阳光温暖的时候
蜘蛛踩着什么　都好听

它轻轻地踩着
阳光里没有另一只蜘蛛
我
没有你

2000.3.12

丝绸之路上的春天

先是黄沙和黑风
使天空变低
然后是单薄的绿叶纷纷脱落
细细看　每棵青草
都闪过一次腰

这里的人们　也在春天谈情
说爱
交出爱的方言和成熟的身体
交出做人的欢乐

在丝绸之路的丝绸上写下：春天

牵着风筝
我们的孩子
踮起脚
就能摸到低飞的麻雀和燕儿
干裂的唇

干裂着小嘴
孩子们用橡皮

在作文本上擦去
黄沙
黑风

2000.4

广　场

这是我们的广场
欢呼时沸腾
沸腾时歌唱
是我奔出课堂
拼命甩过红绸和鼓棒的地方

是我三岁时第一次和这个时代
合影留念的地方
是我无数次被挤掉鞋子
哭着回家的地方

在我的梦中
是一片空地
鸽子散步
阳光歇脚

就是我指给你看的地方
是我用往昔向未来
祝福的地方

2000.5

跳舞吧

我存在
和这世界纠缠在一起

我邀请你的姿态谦恭而优雅
我说：跳舞吧
在月光里

慢慢
弯曲

在
月光里

月光已经很旧了
照耀却更沉　更有力

我在回忆　在慢慢
想起

你拥着我　从隔夜的往事中
退出
2000.6

震 荡

建设的声音使整座楼的玻璃
都在震荡
有人说：破坏

鸟落了那么多羽毛
我出了那么多汗
建设的声音由轰鸣变成敲打
像警笛拐进夜色

整个晚上
我都梦见自己
是一根反光的钉子
就是不知道
该钉在哪儿

2000.6

故　事

一把捡来的钥匙
沉默在我们中间

我们编织它的故事
在故事中亲吻　争吵
暴露隐秘的内心

一把捡来的钥匙
就这样
在故事的细节中
打开了生活的背面　侧面
让我们尴尬了许久
痛苦了许久

直到我们看不见它
一把捡来的钥匙
又丢在捡来的路上

2000.8

在这苍茫的人世上

寒冷点燃什么
什么就是篝火

脆弱抓住什么
什么就破碎

女人宽恕什么
什么就是孩子

孩子的错误可以原谅
孩子　可以再错

我爱什么——在这苍茫的人世啊
什么就是我的宝贝

2000.9

婚姻里的睡眠

我睡得多么沉啊
全然不知
他们　就这么进来了

抽了一会儿烟
喝了一会儿茶
还翻了一会儿书——诗歌太多

当他们在黑暗中相拥
她的香水散发得更快

在我一直和一只蜘蛛交谈的梦里
他们启开我书房的白兰地
慢慢
摇着
交换了身体里的热

还灌醉了我的猫
它的眼睛醉了
爪子和皮毛也醉了　它的腰
在飘

它喵喵着

喵……喵着

我睡得多么沉啊

这一切

我全然不知

2001.1

停　顿

它就要飞走了
一只假花上的蜜蜂

一张倾听的白纸上
我说出了这只蜜蜂的
沮丧——
它使春天
出现了一次　短暂的
停顿

2001.1.24

我梦见了金斯伯格

我梦见了金斯伯格
他向我讲述垮掉的生活
缓慢　宁静　越来越轻

时间让生命干枯
让嚎叫变哑
金斯伯格没有了弹性

格林威治正是早晨
白雪和鸽子飞上了教堂

我梦见
我们是两本书
在时间的书架上
隔着那么多的书
他最后的声音译成中文是说：
别跟你的身体作对

2001.6

诗

它靠了靠左边
又靠了靠右边
一首诗
得到了气球与群鸽齐飞时
落下的一根羽毛

诗意中具体的部分——
那只鸽子
它身体里的蓝天
也随羽毛
落了下来

2001.6.28

忏　悔

——宽恕我吧
我的肉体　这些年来
我亏待了你

我走在去教堂的路上

用我的红拖鞋　用我的灯笼裤
腰间残留的
夜色

蛐蛐和鸟儿都睡着了
我还在走
所有的尘埃都落定了
我还在走

天空平坦
而忏悔陡峭

我走在去教堂的路上
崇高爱情使肉体显得虚幻

我的起伏是轻微的

我的忧郁也并未因此得到缓解

2001.7

幸　福

大雪落着　土地幸福
相爱的人走着
道路幸福

一个老人　用谷粒和网
得到了一只鸟
小鸟也幸福

光秃秃的树　光秃秃的
树叶飞成了蝴蝶
花朵变成了果实
光秃秃地
幸福

一个孩子　我看不见他
——还在母亲的身体里
母亲的笑
多幸福

——吹过雪花的风啊
你要把天下的孩子都吹得漂亮些
2001.8

这个城市

风把风吹远

灯把灯照亮

这个城市的荒山都渴望着草木

下一场雨吧

再下一场雨吧

这个城市有几排树

一条河

女人在树下

在河边

写着诗歌

——写诗是一种美德　美德中最小的

2001.9.23

表　达

点到为止的蓝

它准确地抓住了一朵浪花
抓住一朵浪花
就抓住了一个大海
抓住了波澜的翅膀　隐约
但值得渴望的
灯塔

——一盏已经灭了
另一盏正在飘

喧哗能看见什么
在寂静的倾听里
它几乎表达了无限

2001.10

油　画

因为坚信天堂
她们看上去圆满　丰腴
对得起阳光的照耀和清澈湖水
对优美裸体的需要

雾正在散去
欢乐开始清晰

一根芦苇扶起自己的阴影时
她们潮湿的笑声
被尘世托举得更高

2002.2.13

梦回唐朝

我被这歌声带走
比音符更轻
洒下诗歌和花瓣

风一动不动
贴在我的耳边喘息
它说它刚从后宫回来
让我无论如何略施粉黛带上戒心

我看见一颗灯笼那么大的泪

可我怎么舍得把如此美好的睡去
让给醒来
怎么舍得如此轻易地
牺牲一次梦的放纵
　　　你看那一江春水
　　　你看那满地桃花

我把眼睛重新闭上
用杨玉环的手指
拍了拍自己

体验着　贵妃的
快感

2002.2

儿　歌

坡

上的时候是坡

下的时候是坡

——孩子在唱一首儿歌

谁的声音

像墙角堆积的冷风：坡……

牵着时间的手

孩子们在唱一首新学的儿歌

同样的歌词

他唱着别的什么

他们独自唱着

在各自的世界里

又相互模仿着

在傍晚的飞雪中

2002.3.2

祈　祷

在无限的宇宙中
在灯下
当有人写下：在我生活的这个时代……
哦　上帝
请打开你的字典
赐给他微笑的词　幸运的词

请赐给一个诗人
被他的国家热爱的词
——这多么重要

甚至羚羊　麋鹿　棕熊
甚至松鼠　乌鸦　蚂蚁
甚至——

请赐给爱情快感这个词
给孩子们：天堂
也给逝者

当他开始回忆
或思想：

在无限的宇宙中

——在我生活的这个时代……

噢　上帝　请赐给他感谢他的祖国

和您的词

2002.7

对一尊塑像的凝望

我一边看
一边为他重新命名

我从未这么认真地使用过我的眼睛

当我的目光开始发热　变亮　让石头变软
透过时空的风霜
信仰的锈迹
　　在他凸起的地方凸起
　　逆光的地方逆光
在他停止的地方继续思想
我感到：激情
还在

许多次　我以为我已经抵达了触摸
——在他空荡的臂弯
埋进我的头

2002.9.10

花朵的悲伤减轻了果实的重量

是花朵的悲伤减轻了果实的重量
她的叹息
使我们停顿

她的美
正路过我们
和街边的塑料植物

哦　她的美
比一次日出
更能带给我们视觉的黎明

如果刚才
还在和这个世界争吵
现在　要停下

要倾听
她最轻的叹息
比一颗呼啸的子弹

更能带给我们牺牲的渴望

她的美——

2002.11

聊斋的气味

一件巴黎飞来的大衣把我带进了更凛冽的冬天
威士忌加苏打的颜色
聊斋的气味
纸上芭蕾的轻柔
痛苦削瘦着我的腰

肉体消失了　爱情
在继续？

——聊斋的气味
它使黑夜动荡
使所有的雪花都迷失了方向
使时间　突然
安静下来

我把脸埋在手里
像野花把自己凋零在郊外

一件巴黎飞来的大衣
把我带进更浓烈的酒杯　偶尔的
粗话

让我想想……

让我像一团雾
或一团麻　那样
想想

2002.11

干洗店的女孩

我认出了她
干洗店的女孩
正穿着我的栗色长裙
在酒吧里摇曳　歌唱

果汁已被洗净
褶皱也被烫平
干洗店的女孩
正穿着我的栗色长裙接受掌声和小费
像摇曳的芦苇感激着用力的风

——"山上的野花为谁开又为谁败……"

她是对的
扣子古典
领口现代
这条栗色长裙适合这样的摇摆:
有人捧来一枝玫瑰
有人泼来一杯酒

2002.11.10

哀　悼
——给诗人昌耀

他闭上了眼睛
不像是生命的结束
更像是对生命的一次道歉

——低于草木的姿态
使草木忧伤

巢穴收回它所有的鸟儿
那俯冲而来
又弥漫开去的苍茫
为一个低垂的头颅
留下了哀悼的位置

2002.12

拒　绝

阅读让我安静下来
我不再想：我拒绝的是他　还是
他这个年龄的爱情

——阳光与青草的气息
一双清澈而忧郁的明眸　脸颊冒着热气

他真的可以分清：情欲事件
与爱情

——他这个年龄

2003.2.11

地板上的连衣裙

刚才

它还在和一个人的肩

和她的腰

腰间的寂寞

一起颤抖

哭泣

尖叫

现在

停止了

她们一起绝望

绝望出上一个时代的皱褶

2003.2.13

抑 郁

她给患抑郁症的丈夫带来了童话

她用童声朗读着它

她带来雪花的笑声

蜂的甜蜜

带来魔术师的手臂

在消毒水气味的春天里

她用身体里的母性温暖着他

在他抑郁的身体上

造了一百个欢悦的句子

花落了又开

春去了又来

泪水漫过她的腰

在消毒水气味的春天里

在一棵香椿树下

她像知识分子那样

低声抽泣——

而这一切

并不能缓解他的抑郁

2003.3

厌　倦

厌倦使她僵硬　绷紧　全身冰凉

使她
不可能

她睁开了眼睛
光与影
时间与人
天花板的裂缝中有一声叹息涌出

——人是多么容易厌倦啊

2003.3.28

大白菜

大白菜有什么不好
抱着一棵大白菜
走在飞雪的大街上
有什么不好
我把它作为节日的礼物
送给一个家
有什么不好

2003.4

死亡也不能使痛苦飞离肉体

我看见了墓碑上的一句话——
"我还欠自己一个称谓：母亲"

死亡也不能使痛苦飞离肉体？

公墓区的月亮
洒下安眠药的白
所有的黑　都泛着青

——"我还欠自己一个称谓：母亲"

我仰望星空
像女人那样仰望星空
像女人那样流泪
——不　是她　在我的眼泪中
流泪

——死亡也不能使痛苦飞离肉体

2003.6

说谎者

他在说谎
用缓慢深情的语调

他的语言湿了　眼镜湿了　衬衣和领带也湿了
他感动了自己
——说谎者
在流泪

他手上的刀叉桌上的西餐地上的影子都湿了
谎言
在继续

女人的眼睛看着别处：
让一根鱼刺卡住他的喉咙吧

2003.6

快　乐

如果一棵树突然开口
它会说：
诗人的快乐
在纸上

一首诗——
我爱它伸向盲人的那只胳臂
牵引他们抚摸的手
矮下身来
让一群盲孩子和他们书包里的黎明
依靠的左肩
偶尔的粗话
声音里的泥点

一个诗人的快乐
在纸上
但又不仅仅
在纸上

2003.6.10

精神病院

我安静地玩着空气
在精神病院的长椅上

一个男人向我走来
他叫我：宝贝
他的风衣多么宽大
他的女儿像他年轻时一样忧郁　迷人

我的眼神呆滞
或缥缈
空洞或涣散

我看一会儿他们
玩一会儿空气

他叫我宝贝
在精神病院的长椅上
我已经分辨不清他是我的孩子
还是我诗歌里的情人

2003.6.24

写　作

让我继续这样的写作：
一条殉情的鱼的快乐
是钩给它的疼

继续这样的交谈：
必须靠身体的介入
才能完成话语无力抵达的……

让我继续信赖一只猫的嗅觉：
当它把一些诗从我的书桌上
叼进废纸篓
把另一些
叼回我的书桌上

让我亲吻这句话：
我爱自己流泪时的双唇
因为它说过　我爱你
让我继续

女人的　肉体的　但是诗歌的：
我一面梳妆

一面感恩上苍
那些让我爱着时生出了贞操的爱情

让我继续这样的写作：
"我们是诗人——和贱民们押韵"
——茨维塔耶娃在她的时代
让我说出：
惊人的相似

啊呀——你来　你来
为这些文字压惊
压住纸页的抖

2003.7

鞠 躬

向你内心的秘密鞠一躬吧
向它沉默的影子

向你隐藏着爱的秘密的身体——
它寂静的灰烬或燃烧的火焰
鞠一躬吧

——有时 它就是你生活的全部意义

2003.8

继　续

有一种燃烧　没有灰烬
只有火光
当你将爱斟入我的生命
用思念把我拥紧
你　是最好的

从喧哗中的思念
退回到一个人的思念
有一声呼唤
比落雪更轻
比生命更远
比一次重逢
更能唤起我的柔情
你　是最好的

你是最好的　一切
都已发生
还将继续——

2003.8.23

纸　人

我用纸叠出我们
一个老了　另一个
也老了
什么都做不成了
当年　我们消耗了多少隐秘的激情

我用热气哈出一个庭院
用汪汪唤出一条小狗
用葵花唤出青豆
用一枚茶叶
唤出一片茶园
我用：喂　唤出你
比门前的喜鹊更心满意足
——在那遥远的地方

什么都做不成了
我们抽烟　喝茶　散步时亲吻——
额头上的皱纹
皱纹里的精神

当上帝认出了我们

他就把纸人还原成纸片

这样的叙述并不令人心碎
——我们商量过的：我会第二次发育　丰腴　遇见你

2003.9

短　信

我刚刚出浴

挂着水珠

冒着热气

呵呵　你一定想象了一下我浴衣的颜色

潮湿的身体

想象了一下亲爱的事物

这样近

又这样远

我说：来吧安眠药

和我一起把时间睡掉

我说：明月光你去照白杨树吧

别照我的卧室我的床

——一封短信　那张做母亲的脸　很有魅力

2003.9.6

一个字

一个字
我经历着你

他们不知道
在一个个忙碌的白天
我突然停下手中的活计　想什么
就在那时
我已把自己悄悄运送到了远方

嘲讽　揶揄　一丝冷笑
是旧衣服上的尘埃
现在我亲吻这个字
回报这个字
并用怀孕
增加它的重量

一个字
只有经历着你的人才知道
幸福　让人怎样呼吸

2003.9.15

按照我的思想望去

一切都散发着疲惫的气息
除了塑像
没有什么继续微笑

那个辨别方向的人
没有行走的意思
鸟儿飞着
既不快乐　也不忧伤

它们也是尘土：爱　眼泪　争吵　叹息

涌动的黄昏
稠密的呼吸
只有老人和孩子找到了家

让垃圾车带走白天的秘密
让安眠药进入夜晚的生活

2003.9.23

欢　呼

像羽毛欢呼着大风

我欢呼你奔腾与跳跃时的轰鸣
像滚动的雷声
传递着自己
我看见天空的震颤
黑夜的裂缝
——被你掠过时的快感

我欢呼
你带来的　新的　更猛烈的
绝望
和　灰烬——

2003.10

橙色和蓝色的

说说他吧　一个有着另类笑容
和忧郁长发的男孩
他的迅速成长与女人和阅读有关

他曾经坐在我的后排
他叫我 NY
他指给我看的图片是美　和情欲的

倜傥与抑郁交混
赞美与亵渎共存
他一沉默
夜色就来临了

所有迷恋挣扎情感的女人
他总是让她们如愿以偿地：心碎
那些具有辨别美的能力渴望复杂生活的女人
都渴望爱他一次
然后
回忆

他在人群中

是橙色和蓝色的

他曾经坐在我的后排　他叫我 NY

2003.10.10

恐 惧

一个谜……

黑暗中　我终于摸到了它隐秘的
线头
却不敢用力去抽

——像麦粒变成种子　又变成麦粒　又变成种子……

被一根线头折磨
我陷入了无边无际的茫然和恐惧

2003.11

重 复
——给草人儿

病床上　她的女儿蜷缩着
睡着了
三岁的小胳膊连着液体
她心疼
哭
——让我孩子的病得在我身上吧

这是谁　曾经在她的病床前重复过的一句话
母亲!

她哭
眼泪看见未来
有一天
她的女儿也将以母亲的身体
体验一颗母亲的心

继续重复这句话:
让我孩子的病得在我身上吧

2003.11

酒吧之歌

一

我静静地坐着　来的人
静静地
坐着

抽烟
品茶
偶尔　望望窗外
望一望我们置身其中的生活

——我们都没有把它过好!

她是她弹断的那根琴弦
我是自己诗歌里不能发表的一句话

两个女人　静静地　坐着

二

像闪过一次拥抱那么迅速

其实　　就是一次拥抱

暗淡的空气中
一只猫
把两种不同的气味
叼在了一起

三

我还是一粒尘埃
没有变大
也没变小

我和我望着的月亮
是两粒尘埃

——月亮也知道这一切

四

他像是从坟墓里回来

脸上有被悼词涂抹的痕迹

五

来吧——
像酒到我的酒杯里来

来吧——
像冰凉的影子到温暖的身体中来

来吧——
像疯狂的火焰到灰烬中来

来吧——
像鬼魅到《聊斋》里来

来吧——来
我们交换寂寞

2003.12

一本可能的书

我们谈到了森林和溪水
一间可能的木屋
它的常青藤　三叶草　迷路的狐狸
和它眼里的露水
你和我
爱上爱情的同时
也爱上了它的阴影　冷颤　危险
它的二十首情诗和一支绝望的歌
雨水　薄雾　蝴蝶与花香
红嘴雀的情歌
唱来了更小更缓慢的动物

脱离了肉体的翅膀它的飞翔是可能的

你和我
——一本可能的书
它的歧义　荒诞　在时间的书桌上重新获得了
意义

2004.1

树

小女孩在沙坡上写下：树
在每个笔画上哈一口气
风沙每天抽打她的九个笔画
风沙每天把她的九个笔画抹去

每天写
小女孩每天看见笔下生长的绿

2004.2.15

现　场

是的
我记得你当时的慌乱　羞愧
当时的……

我记得你祈求原谅时孩子般的眼神　嘴角
无处搁置的双手

黑夜凌乱的一角
你解释着：一个现场……

我记得
我原谅了你——我原谅了一个性别的属性
——在我抽烟的时候
但　并不坚定

——我记得

2004.3

鲁　院

北京在我窗外

柳絮和鸟在飞

河南老民工在唱：花花世界

鸳鸯蝴蝶

锤子钉钉

电锯锯铁

滋……吱吱……

小民工的口哨因随心所欲而靠近欢乐

风真大啊

好像什么都可以飘扬一下

2004.4.6

你和我

没有能够使用的词

被替代之后　被消解
在荒凉的西北山坡　衰草间
突然想起
你和我

——人类为之定义的：爱
没有能够使用的词

2005.3

手写体

翻看旧信
我对每个手写体的你好
都答应了一声
对每个手写体的再见

仿佛真的可以再见——
废弃的铁道边
图书馆的阶梯上
歌声里的山楂树下
在肉体　对爱的
记忆里

爱了又爱
在一切的可能和最快之中……

还有谁　会在寂静的灯下
用纸和笔
为爱
写一封情书
写第二封情书……

——"你的这笔字就足以让我倾倒"

你还能对谁这么说?

2005.8

自言自语

不会捧着一本书
到林子里去读了

而且撑着油纸伞
白连衣裙

而且渴望　有人捧着另一本书
从侧面
看过来

从弥漫着香草　槐花　树脂与阳光味道的
光影间
——一双未被尘世亲吻过的
眼睛
看
过
来

2005.8.13

乡　村

老鹰捉小鸡的田野

稻草人眼里有一群麻雀

阳光里有雨

那个旧布衫的女人

她的身体里有一只做梦的花瓢虫

尖麦芒的声音里有血

炊烟里

有一支疲惫的歌

背画夹的女孩

独自站着：向日葵的影子里有一个凡·高

2005.9

在梦里

在梦里
那些自杀的诗人朗读在那边写下的诗歌

诗歌里有死
声音更寂静了

鹰和鱼在舞蹈　茨维塔耶娃在转身：
不　请不要靠近我

这个女人怎么会有这么苍凉的背——
一个诗人的背

梦里　我看见他们——
那些自杀的诗人
一个个
谜底似的笑

——死有一张被意义弄乱的脸

2005.10

动　摇

一树动摇的桃花使几只蜜蜂陷入了困境
它们嗡嗡着
嗡嗡着

风不停

它们嗡嗡着
在春天的正午
在一个歇晌女人曲折隐秘的心思里
嗡　嗡着

风不停　从新疆吹来的风　不停

2005.10

从报社出来

我路过那些发呆的人
发愁的人

就是这个酒吧
有我喜欢的歌手——我想抱抱他
他从前叫相濡以沫
现在叫相忘于江湖

——我路过了自己的一首诗

我眼前的广场　到了夜晚　多么空虚
那个20世纪被雕塑的人
咳得更猛烈了
他长衫上的纽扣　咳掉了一个
又补了三个……

是谁　让一只飞鸟穿越时空的风霜
落在了我面前
迈着它可爱的小步子
静静地陪我走了一小段

——是我路过的这一切

还是呼啸而来的生活

让路灯下两个颤抖的影子　拥抱得更有力　更紧

2005.10

小女孩

校园。隔着铁丝网望去
那个独自玩着树叶和沙包的小女孩
细瘦的
多像我
她拴好了橡皮筋　并没有跳

她该多么乏力——
如果她的心　被迫装进了大人的秘密

西南风旋来操场上的灰
她的书包里
也有一张偷偷撕下的
贴给自己母亲的大字报？
——我哭了
当我把那些白纸上的黑字
和母亲那件束腰的旗袍
扔进河里
埋在土里
碾碎在轰隆隆的铁轨上

河水里的黄昏还在

震碎耳膜的汽笛还在

她跳起来了　小女孩　欢快　明亮
橡皮筋在树荫下一次次升高
她的小衣衫被风旋起时
荡出的一截空腰
多像我——

蝴蝶结在飞

2005.12

卷三
（2006—2011）

新　年

我正在拥抱你

你说的另一个我

也在拥抱着你

亲爱的

此时

此刻

我　　和另一个我

在一起——

在新年的钟声和焰火里

一起拥抱着你

2006.1

我知道

我知道——整个下午她都在重复这句话

掩饰着她的颤抖　耻辱
她的一无所知

咖啡杯开始倾斜
世界在晃

"你知道　我比你更爱他的身体……"

是的我知道
我……知道

她希望自己能换一句话
等于这句话
或者说出这句话：
请允许我用沉默
维护一下自己的尊严吧

她希望能克制这样的眼前——
从生活的面前绕到了生活的背后
2006.1

儿童节

他在等他们醒来——
彻夜的争吵使他们疲惫
看上去很累

小男孩穿戴整齐　独自系牢鞋带
背起了双肩包
在小板凳上
在玻璃窗前
在儿童节的兴奋里
等他们醒来
——乘4路车　去动物园

母亲在发呆
一再将枕头和身体移向床边
突然她一跃而起
父亲的鼾声停止了
争吵在继续……

可怜的小男孩　他背着双肩包
在小板凳上
在玻璃窗前

来回哭泣

——他希望自己有一张植物或动物的脸

2006.4.17

真　相

真相并没有选择诗歌——形而上的空行
它拒绝了一个时代的诗人

真相同样没有选择小说——有过片刻的
犹豫和迟疑？

真相拒绝了报纸——也被报纸拒绝
如此坚定地

真相并不会因此消失
它在那儿
还是真相

并用它寂静的耳朵
倾听我们编织的童话

2006.6

幻　象

是真实的存在还是瞬间的幻象又有什么关系

中年的
纯棉的
一条米色长裙
在午后的摇椅里
在三角梅和马莲草的阳台上
轻轻
悠荡
悠荡出身体的气息　温度　他注视过的美——
一个他曾经依恋
并继续渴望的女人
阅读时的美

——细小的皱纹里那柔软而宁静的母性之光

2006.7

东郊巷

像这条街厌倦了它的肮脏　贫穷　和冷
弹棉花的厌倦了棉花堆
钉鞋人厌倦了鞋
他们允许自己
停下来一小会儿
幻想一下更广阔的生活——更广阔的
可能……

——比一小会儿更短
那更广阔的
就退缩到眼前
——生存的锥尖上

并允许它再次扎破一双瘀血和冻疮的手

2006.7

青 春

站着——

女孩嘴巴圆润
男孩看上去慌乱

站着——

背着书包站着
贴着墙皮站着
用肯定式站着
用否定式站着

脸对脸
站着——

滚烫　懵懂　无处搁置的青春
狠狠
站着

2006.7.21

一声喊

一声喊
深夜里听见的人都捂紧了自己的耳朵
又留下一条缝

就一声——

秋风听见了一片落叶
大地听见一根针
生　听见了死
有人磨着假牙
听出了反动——一个多么不愉快的词
我原谅了他的
聋

女清洁工这样描述楼下的现场：
从十六楼　中年男人　身上绑着五岁的孩子
和一本账

他家的门
立刻被贴上了封条

2006.8.21

从酒吧出来

从酒吧出来
我点了一支烟
沿着黄河
一个人
我边走边抽
水向东去
风往北吹
我左脚的错误并没有得到右脚的及时纠正
腰　在飘
我知道
我已经醉了
这一天
我醉得山高水远
忽明忽暗
我以为我还会想起一个人
和其中的宿命
像从前那样
但　没有
一个人
边走边抽

我在想——
肉体比思想更诚实

2006.9

霜　降

与一只长颈鹿对视的结果
使我突然产生了和它交谈人生的冲动
霜降后的早晨
我或许还会谈到爱情
但这已经不重要了
来——羚羊　猩猩　袋鼠
来——海马　山猫　刺猬
还有歇在大象鼻子上的那只瓢虫
我想和你们
交换一下尘世的重量
并请求你们宽恕：
作为参照
我一再以所谓的精神
蔑视肉体的欲望——
用我被教育过的身体
也一再高估了我们人类的本性

一场爱情解决不了人类的孤独
一首诗当然可以诞生在动物园

2006.9

日　记

去了孤儿院

月亮是中秋的

月饼是今年的

诗是李白的

孩子们的小衣服是鲜艳的

小手在欢迎

一切　都是适合拍摄播放的……

院长的笑容谦虚

办公室的奖杯是镀金的

君子兰是开花的

标语是最新的

孤儿院的歌声如此嘹亮

我的心却无比凄凉

回到家　我认真地叫了一声：妈

2006.10

切　开

她切开了一只蜜柚
她允许可吃的部分不多
允许小和空
为消磨时间的吃
只是一个动作

时间还早
刀也还锋利

她又切开苹果　橘子　木瓜　南洋梨
这些有核带籽的果实
多么值得信赖
她用蜜蜂的嗓音
用泥土和汗水和草帽的嗓音
和它们说话……
她恍然于自己把美好情感寄托于童话的能力

她好像打了一个盹

突然　她指着窗前的月亮：
你——都看见了

如果我在这里坚守了道德
是因为我受到的诱惑还不够大

2006.10

半个月亮

爬上来　从一支古老情歌的
低声部
一只倾听的
耳朵

——半个月亮　从现实的麦草垛　日子的低洼处
从收秋人弯向大地的脊梁
内心的篝火堆
爬　　上来——

被摘下的秋天它的果实依然挂在枝头

剩下的半个夜晚——
我的右脸被麦芒划伤　等一下
让我把我的左脸
朝向你

2006.11

聊天室

一个资产拥有者在抽烟　喝茶　玩打火机
咳嗽时　摸一下给市场经济
下跪过的双膝
他再一次强调：拒绝任何形式的回忆

我们的评论家　在批判一只鸟：
从民间的树杈向政府大楼的飞行中
这只鸟彻底完成了立场的转换
它的叫声
是可疑的
必须警惕

我喜欢的诗人　他们叫她
女诗人：
我被告知朗诵
就是说　我必须公开发表一次
我的脸蛋　三围　我新衣服里的旧身体

一个农药时代的菜农　正在努力表达
喜欢你以后……
他陷入了语言的沼泽地

每一次用力

都意味着更深的绝望

正是这个菜农

最后对互联网说：

再新鲜的语言也抵不过一把具体的菠菜

他的鹅毛笔一直在晃　是写童话的安徒生：

大雪已经落下

奇迹并没出现

卖火柴的小女孩全白了

在新年的钟声敲响之前

我必须让她哭泣的舌头　舔在我文字的

奶油蛋糕上

2006.12

孤儿院

我眼前的标语
气球里的节日

那些攀着梯子刷标语的哑孩子
继续刷着
为孤儿院的光荣与明天
他们的哑
越攀越高

摸到了天空的空
雷声替闪电看见一张脸——孤儿的脸

——一张全世界孤儿的脸
这世上　没有什么是相同的
只有孤儿的脸

2006.12

暮　年

她左边多出的　右边减少的　以及

那些爱情

是否真的存在过

都不重要了

接受了早安的问候

现在她接受晚安

并允许接下来的暮年抒情——

多好的夜色啊

游离于哲学和宗教之间

它是我床前的

而非纸上的

我曾经用它做梦　眺望　爱

——像花儿怒放

又像果实

饱满

多汁

现在　我只用它睡觉

在消失的欲望和谎言中

2006.12

望　天

望天
突然感到仰望点什么的美好

仰望一朵云也是好的　在古代
云是农业的大事
在今天的甘肃省定西县以北
仍然是无数个村庄
吃饭的事

而一道闪电
一条彩虹
我在乎它们政治之外的本义

看啊　那只鸟
多么快
它摆脱悲伤的时间也一定不像人那么长
也不像某段历史那么长

它侧过了风雨
在辽阔的夕光里

而那复杂的风云天象

让我在仰望时祈祷：

一个时代的到来会纠正上一个时代的错误

2006.12

摇椅里

我慢慢摇着　慢慢
飘忽
或者睡去

还有什么是重要的

像一次抚摸　从清晨到黄昏
我的回忆
与遗忘
既不关乎灵魂也不关乎肉体

飘忽
或者睡去
空虚或者继续空虚……

隐约的果树
已在霜冻前落下了它所有的果实
而我　仍属于下一首诗——

和它的不可知

2006.12

看 海

那是海鸥
翅膀点击着浪花

那是我们经常用来形容内心的——波澜
也形容壮阔的时代

在祖国的海边
我们谈论往事　一代人的命运

当我发呆　我的手再次被1996年的
某个下午握住
——那没有当即发生的
就不会再发生

那是海底的天空
闪电在潜水

大海使太阳诞生　一跃而起　那巨大的光芒
使天空踉跄了一下
又挣扎着
站稳了

2007.2

母亲的阅读

列车上
母亲在阅读
一本从前的书
书中的信仰
是可疑　可笑的
但它是母亲的
是应该尊重
并保持沉默的

我不能纠正和嘲讽母亲的信仰
一代人有一代人的不同
也不为此
低头羞愧

人生转眼百年
想起她在沈阳女子师范时
扮演唐琬的美丽剧照
心里一热
摘下她的老花镜：
郑州到了　我们下去换换空气吧

2007.2

阿姆斯特丹之夜

倾斜或者摇摆
裹胸或者吊带
或者赤裸
玻璃房里的女人是粉红的　职业的　肉体的贸易
是合法的——阿姆斯特丹

教堂的钟声和圣诞树
暧昧的英语和花街
粉红的女人——
我惊叹于其中三个和五个等待时的美

哦　上帝在西方
我的问题是东方的

风从风车中来
吹过广场　塑像　吹着黑鸽子晚祷的翅膀
吹着我们交头接耳的汉语

阿姆斯特丹之夜
我梦见了安徒生童话里的雪

我没梦见我的爱人

和我的祖国

2007.2

拉卜楞寺

我的围巾被风吹进寺院的时候
那个与我擦肩而过　呼呼冒着热气的喇嘛
呼呼地　下山干什么呢?

街上的藏族人少了　集市散了
格桑花顺着大夏河的流水走远了

相面人把手伸进我钱包的时候
那个瞎眼打坐的老阿妈是用什么看见的呢?

接着　她又看见
天堂寺以西
她的小卓玛已经上学了
牧区的春风温暖
教室明亮
鹰　在黑板上飞得很高

今生啊——
来世——
风在风中轮回

凡事宽容　凡事相信　凡事忍耐
——我以为这对我眼下的生活有用
但我并没快乐起来

——我没说啊　佛是怎么知道的呢？

2007.3

甘南草原

不要随手取走玛尼堆上的石头
或者用相机对准那个为神像点灯的人

不要随便议论天葬

不要惊醒一只梦见仓央嘉措的鹰
但你可以在暮色中
哼唱他凄美的情歌

不要试图靠近：
一条朝圣路上的鱼
一只低头吃草的羊
昏暗中苦修的僧人
和他裸露着的半个肩膀

更不要轻易去打扰那个叫阿信的诗人

2007.4

采访本

干渴的秦腔
更加干渴的农业

河谷里的水早已停止了流动
西北风旋来河底的灰

山腰间　有人推开佛门
向我们讲述一座寺院的往昔

借着香火
我点了一支烟　请原谅

我更关心人的现在
和未来——山脚下　操场上的孩子

向前奔跑的身体
渴望速度的同时
也渴望着成长的阳光　雨露

2007.5.4

再写闪电

我要写那些等待闪电照亮的人
那些在闪电中奔跑着　用方言呼喊的人——
喊向干渴的麦苗
荒芜的山坡
也喊向自家的水窖
脸盆
茶缸
孩子们灰土的小脸　小手

——湿漉漉的闪电　在甘肃省定西县以北
你预示着的每一滴雨
都是有用的
每一滴
都是一个悲悯这片土地的　神

2007.7

禅　修

我在摇椅里　他们在床上
或寺院里
还有人在暮色辽阔的山坡上
滴水的屋檐下
杨柳岸
在本能对爱的练习里
也有人在一本书的空白处　烟尘里
在另一本书的插图上……
在月亮的光辉和肉体的属性里

2007.8

反 抗

我的反抗　是一张哑孩子的嘴
他动了一下
又动了一下

——但世界啊　独裁的麦克风　你们什么也没听见

2007.9

陪母亲散步

而你们　被选中
可又有谁幸免

一代人

理想掉在地上
爱情逃回词典

从集体的呼喊到个人的低语
中间有太多的政治荒诞

黄昏从落日中来
国家公园的长椅上
你用俄语重复着一个短句
并和自己声音里的青春
相视而笑：

——风在树上
——雾在雾中
——无人忏悔的教堂　一只蜘蛛在发胖

2007.9

北宋官瓷

我想起一个诗人
一个把瓷写得最好的诗人

我试图再一次理解——品质与技艺

瓷的完美使我们残缺
一首伟大而神性的诗同样使我们显得更加平庸

2007.10

判　决

一场被叙述的苦难里不能没有眼泪
像童话不能没有雪

我同情左边的人
我同情右边的人

当月光潜入草丛
我同情一个判决里两个相反的伤口

判决捍卫真理?
另一个真理——

一个母亲
爱她的好孩子
也爱她的病孩子

甚至更爱她的病孩子

2007.12

落　实

有些词语必须落实在某些人的头上　命运里
与他们彻底遭遇
这些词才能得以实现
才不会被人类渐渐遗忘
而源远流长……

2008.1

停 电

突然停电

写作中断

我呆坐

在黑暗中

思想李白时期的明月光

地上霜

一小时过去

电脑在一小段苏格兰风笛中亮起

我的写作却无法继续

有时候

一首诗就像一个人

断了气

就不行了

2008.1

时间的叙事

她好像有事　要和路人商量
她挡住他们的去路
拽着他们的胳膊　衣袖

又像有什么秘密　必须告知
后来者
她贴近了他们的耳朵
又慌忙捂紧了自己的嘴
来来回回

她扔出过土块　树枝　手里的空气
找过他们
——右派的亡灵还是造反的肉体？
又扔出围巾　纽扣　一个疯子的喊

广场上　这个女人像一片哀伤的羽毛
抖动着自己

什么使她突然安静下来——仿佛
在自身之外　她的静
很空

她踮起了脚尖——芭蕾般站着

脖子和脸

一再侧向虚无

仿佛世界是一潭冰冷的湖水

而她　是一只冻僵于1966年的天鹅

2008.1

标　准

我手里只有一票

眼前却晃着两个美人

最后一轮了

评委席上

我的耐心和审美疲劳都到了极限

我等她们

换上泳装

或薄纱

再次晃到我眼前

果然

更充分的裸露

使她们的美有了区别

我的一票果断而坚定

不是她的三围比例

是她的身体摆动众人目光时

一种追求毁灭的　气质

2008.2

我需要这场雪

我需要这场雪
我需要某个清晨拉开窗帘看见世界的变化与陌生

我需要孩子们看见大地上属于自己的
那一行小脚印
孩子们的笑声
难道不是人间最美的天籁
他们正在笑

是的我需要
我需要看见人类相互搀扶　彼此温暖的这一刻

——这突然涌出的泪水
柔软的迷茫　空白　模糊不清的辨认
眺望……

像爱　需要一次动摇
一次怀念
像时间可以拆开
我需要这样一条短信：

我生活在与你相会的希望中

——我需要眼前这一切

2008.2

寺

还剩下我

晚一些的黄昏
麻雀也飞走了

这寺
它的小和旧　仿佛明月前身
它的寂和空　没有一　也没有二

2008.2

阳光照旧了世界

弥漫的黄昏与一本合上的书
使我恢复了幽暗的平静

与什么有关　多年前　我尝试着
说出自己
——在那些危险而陡峭的分行里
他们说：这就是诗歌

那个封面上的人——他等我长大……
如今　他已是无边宇宙中不确定的星光
和游走的尘土
哲学对他
已经毫无用处

品尝了众多的词语
曾经背叛
又受到了背叛
这一切　独特　又与你们的相同　类似？

阳光照旧了世界
我每天重复在生活里的身体

是一堆时间的灰烬　还是一堆隐秘的篝火

或者　渴望被命名的事物和它的愿望带来的耻辱？

幽暗中　我又看见了那个适合预言和占卜的山坡
他是一个人
还是一个神：
你这一生　注定欠自己一个称谓：母亲

2008.2

西夏王陵

没有什么比黄昏时看着一座坟墓更苍茫的了
时间带来了果实却埋葬了花朵

西夏远了　贺兰山还在
就在眼前
当一个帝王取代了另一个帝王
江山发生了变化?

那是墓碑　也是石头
那是落叶　也是秋风
那是一个王朝　也是一捧黄土

不像箫　像埙——
守灵人的声音喑哑低缓：今年不种松柏了
种芍药
和牡丹

2008.3

青　海

大风过后
天　空荡
青海　留出了一片佛的净地

——塔尔寺在风中　酥油花开了
花非花
第一朵叫什么
最后一朵是佛光

这尘世之外的黄昏
——菩提树的可能　舍利子　羊皮书的预言
以及仓央嘉措的情歌

这冥冥中的——因……果……

夕光中
那只突然远去的鹰放弃了谁的忧伤
人的　还是神的

2008.3

回 避

山上　有春天　有我们席地而坐的理由
我们坐着
尽量谈向远方

阳光温暖的时候
松鼠完成了一次晴朗的跳跃
你打了一个盹
呼吸平稳　均匀　不像有什么心事
也不像漫长的婚姻出现了问题

抽烟
喝茶
我们谈天说地

迎春花继续开着
开在我们中间　左右　每一朵
都是新的
它们全都在替一只可能的蜜蜂喜欢着自己

而我们　也因为暂时的回避

喜欢着眼前
这个上午

2008.4

一盒香烟在飞翔

人是灰土的

脸是悲苦的

他在打夯挖土

工地上

他翻遍了自己

并没找到最后一支烟

从 4 楼落下

一盒 520 香烟

在暮色中飞翔

它是清凉的

它是细长的

它是女士的

从一抽到三

从有抽到了无

暮色里

他并没仰起头

向我的窗口望一眼

继续

打夯挖土

2008.4

2008年5月19日

一只小鸟　它甚至踮起它迷人的小脚
朝我的病房里
看了看
又看了看
夕光中
它一次次扇动着起飞的翅膀
每扇动一次
就往里面再看一次
像我前世的亲人
和那个暗地里心疼着我的人
我这样想时
它已经飞走了

活　着

他们都走了
我也从事故现场的叙述中侧过身来

我活下来是个奇迹

这多么重要——我认出了自己
和他们：
母亲　草人儿　咪咪　一截电线上
悬着的
一小排雨

与命运的方向完全一致　或者
截然相反？

多年以后
一道疤痕的痒
是对这个女人完美肌肤的哀悼……与回忆

他们都走了　我慢慢移动到阳台上
在人类最容易伤感的黄昏时分
看着

想着

舔着泪水

——是的　上帝让我活下来必有用意

2008.7

新　疆

从看见

到继续看见……

从抚摸到抚摸……到

听……

——辽阔的新疆　为什么我至今还没有写下你的诗篇

2008.8

两 行

流水载着落花
是我今生想要的最后一场爱情

2008.10

别

辽阔的黄昏　脸上的风　突然停止的愿望

——风吹着有也吹着无
——风吹着大道也吹着歧途

风　吹着断肠人　两匹后会有期的马

——一路平安吧

2008.11

爱　直到受伤

情人的脸　情人的皮肤　黑眼圈——
当她在阳台上阅读
或者发呆
将烟灰弹向虚无

或者　手掩着脸……哭……

而此刻　暮色将红尘抱紧
当绝望不动声色时
它是什么
绝望本身　还是它的意义？

当她继续阅读　浮动带来暗香
辽阔的黄昏带来无边的细雨
和赞美——

我赞美情人的眼泪——爱　直到受伤

2008.11

2008 年 11 月 19 日

我假装是快乐的

礼花已经点燃

祝福就要开始

我假装已经遗忘了左边的背叛

右边的伤害

中间弥漫的谎言

当月亮像太阳一样升起

或者像寒霜一层一层落地

我甚至假装爱上了我虚无的人生

和它镶着金边的

辉煌阴影：

"我永远爱你……"

我假装喜欢这张脸——当我决定：

迅速生活

梦

一个小站
一些冷风
我老了
火车票也丢了
时间拎着它的风雪
我提着童年的小提琴
这有多好
我老了
我的梦让我看见：我爱过的那个人
像爱我时
一样年轻
相信爱情

2009.8

诗　人

你有一首伟大的诗　和被它毁掉的生活
你在发言
我在看你发言

又一个
十年

我们中间　有些人是墨水
有些人依旧像纸

春风吹着祖国的工业　农业　娱乐业
吹拂着诗歌的脸
诗人　再次获得了无用和贫穷

什么踉跄了一下
在另一个时代的眼眶　内心……

当我们握手　微笑　偶尔在山路上并肩
在春风中——
我戒了烟
你却在复吸

我正经历着一场必然的伤痛
你的婚姻也并不比前两次幸福　稳固

2009.8

亲　吻

她亲吻了一张说谎的嘴

它忧郁的弧度

适可而止的性感

她亲吻了燃烧的酒精

飞翔的泡沫

她亲吻了这个世界的迷乱

和不忠

在一张说谎的嘴上

她亲吻了自己的镇定

和从容：

"我曾经是一　我现在是二"

2009.9

静夜思

是的　浩瀚的宇宙不会在意
一个城市的空气污染程度
可怕的能见度

这些咳嗽　叹息
这些祈祷　诅咒

浩瀚的宇宙　同样不会在意
一条黄河鲤鱼
一只兰州麻雀
一个中国百姓
上升或者下降的幸福指数

但一个国家　和他的政权
必须在意

2009.9

回　答

并没发生什么——

快
与慢
在一张棕色的软椅里　社会学的
床单上

思想的
下一刻

在诗与酒的舌尖上……中间的左右……肉体的这儿
与那儿

命运的但是　和然而
之前

——在今生

2009.9

睡前书

我舍不得睡去

我舍不得这音乐　这摇椅　这荡漾的天光

佛教的蓝

我舍不得一个理想主义者

为之倾身的：虚无

这一阵一阵的微风　并不切实的

吹拂　仿佛杭州

仿佛正午的阿姆斯特丹　这一阵一阵的

恍惚

空

事实上

或者假设的：手——

第二个扣子解成需要　过来人

都懂

不懂的　解不开

2009.10

赫塔·穆勒

它提供证据　遗言　被剥夺与被埋葬的声音
与谎言相反的细节　提供政权
所恐惧的　乱哄哄的广场的怀疑
白雪和鸽子的叹息：
不合作的神啊
不合作的天意

—— 一首诗　被翻译之后　你还好吗？

2009.10

下　午

又一个下午过去了
我人生的许多下午这样过去——
书在手上
或膝上
我在摇椅里
天意在天上
中年的平静在我脸上　肩上　突然的泪水里：
自然　你的季节所带来的一切　于我都是果实

2009.10

事 件

一场盛大的徒劳

——当她仰望星空　像女人那样
流泪
她知道
她需要一场精神的闪电
和狂风

一根救赎的稻草……

她需要爱
需要撒娇

2009.11

移居长安

钟声里有十三捧黄土　一首歌
叫《长恨歌》

有一阵阵微风吹着我 2008 年突然的白发
我停止写作的理由

有神对人的宽恕和悲悯……我知道
但我不说

一件事
你还好吗？

有一双适合手风琴的手　也适合重逢
我的祈祷是有用的

有开往孤独的地铁
更广阔的空虚

有妃子们
各个朝代的哀怨　叹息

2009.11

家　书

草儿：

保加利亚的自然风光很好

女孩子身材曼妙

大街上抽烟的

从游泳池里出来的

就更美妙

我今天到瓦尔纳了

住黑海边

这片海在不远处的希腊

又叫爱琴海

我的阳台伸向大海

有海鸥来去

有日出日落

祖国应该是黄昏

你该做饭了吧

咪咪在弹琴？

我在晨风中

柔软的沙滩上只有我和一只安静的狗

走走停停

草儿

我并没能把忧伤

扔进保加利亚共和国的黑海里

我还在不断想起……

比如此刻

比如下一刻

2009.12

省　略

大地省略了一句问候　仿佛童话
省略了雪

在圣索菲亚大教堂
谁在祈祷爱情　却省略了永远
祈求真相　却省略了那背叛的金色号角

"我想在脸上涂上厚厚的泥巴
不让人看出我的悲伤……"

上帝的额角掠过一阵在场的凄凉：唉　你们
人类
是啊……我们人类
墨镜里　我闭上了眼睛

你　合上了嘴

十二月的哈尔滨　白茫茫的
并没有因为一场沸腾的朗诵　呈现出
一道叫奇迹的光
和它神秘的

预言般的

色彩

2010.1

信 仰

她看见了什么
爱着的人类合法的伤痛……2008年的我？
教堂正在关闭的门
停了下来

她叫我孩子
她叫我可怜的孩子
朝着天光的方向捧过我的脸　可是……
上帝已经走了

在尼埃拉依教堂的台阶上
我解开大衣上的围巾
披在她瘦小的肩上　我说出了此刻
眼前：不　我是来和你
相遇的

我是来和一双为黎明的第一个忏悔者
和最后一个祈祷者
开门的手
相遇的

2010.1

哈尔滨　滑雪

好吧我说：我一再向教练请教的
不是如何让自己滑得优美　流畅
而是如何及时地刹住自己
在我想停下来
或不得不停下来的时候
能够迅速而体面地控制住自己的身体
和可怕的惯性……

而从前——不远的 2008 年之前
我　不是这样

2010.1

浮　动

她不是人间烟火的　是昆曲
和丝绸的

是良辰美景奈何天的　当她发呆
一个人看雨
在花店里绣白玉兰
绣：上善若水
她的美　上浮百分之二十

江南
旧木窗的黄昏

湿漉漉的　她哼唱　恍若叹息：
我把烟花给了你
把节日给了他

但以后不会
她的美　又上浮百分之二十

2010.6

首尔·早晨

这样早
一只喜鹊站在教堂的十字架上

我停下来
朝日在云中　在荡漾

一只喜鹊
在十字架上
它沉默
它不开口

——我们人类真的还有什么好消息吗？

而我已立下誓言：热爱以后的
生活　爱
索尔仁尼琴的脸

2010.7

坎布拉

坎布拉　他们希望看见一首诗
和不朽
我想看见一只狼
受惊　奔跑　嚎叫着
撞向落日

除了内心的荒滩和衰草　坎布拉
我什么也没看见
就靠着一棵树睡着了

树那么静　坎布拉
干净的天空下
站着雪山
飞着鹰

而我只能用一阵一阵的睡眠
缓解酒后抑郁症对我的折磨

我又睡了一会儿

2010.7

汶川·父亲

他把自己扔在大雾里
像一截烟头
有了熄灭的愿望

然而　并没有一块天空呼啸着砸下来

几只迷路的蚂蚁
爬过了他的身体

忍受不能忍受的痛苦是一种赎罪

他蜷缩着
抱紧了自己
他用天堂里七岁女儿的嗓音喊爸爸
用六岁的
五岁的
两岁零四个月的……他喊着
答应着
答应着

喊着

一边戴上了女儿的红领巾

2010.7.11

晚　年

他说着
他一直说着
显出澎湃的激情
和久违的快感　夜深了

空无一人的会议室里
他对漆黑说着
对空荡
对生命的晚年……那些曾经的掌声
并不传来回声
只有猛烈的咳嗽被麦克风传向浩瀚的夜空

他捧着心说着
直到天空渐渐发亮

他并没有对一只突然进来的猫说：
你好
请坐

他哽咽：我这一生几乎都是在开会中度过的
2010.8

当有人说起我的名字

当有人说起我的名字
我希望他们想到的是我持续而缓慢的写作
一首诗
或一些诗

而不是我的婚史　论战　我采取的立场
喊过什么
骂过谁

2010.9

某些命题下

我撒谎

我曾经撒谎

再次撒谎

还将继续……

2010.9

小教堂

孤零零的小教堂

没有上帝的小教堂

已经没有人知道来历的小教堂

羊粪蛋和狗尾巴草

一朵蒲公英

在弯腰祈祷:

风啊

让我等到籽实饱满吧

让我还有明年……

2010.9

一首诗

它在那儿
它一直在那儿
在诗人没写出它之前　在人类黎明的
第一个早晨

而此刻
它选择了我的笔

它选择了忧郁　为少数人写作
以少
和慢
抵达的我

一首诗能干什么
成为谎言本身？

它放弃了谁
和谁　伟大的
或者即将伟大的　而署上了我——孤零零的
名字

2010.9

青海　青海

我们走了
天还在那儿蓝着

鹰　还在那儿飞着

油菜花还在那儿开着——
藏语大地上摇曳的黄金
佛光里的蜜

记忆还在那儿躺着——
明月几时有
你和我　缺氧　睡袋挨着睡袋

你递来一支沙龙：历史不能假设
我递去一支雪茄：时间不会重来

百年之后
人生的意义还在那儿躺着——
如果人生
有什么意义的话

2010.10

风中的胡杨树

让我想起那些高贵　有着精神力量和光芒的人
向自己痛苦的影子鞠躬的人

——我爱过的人　他们
是多么相似……
因而是：
一个人

不会再有例外

2010.10

某　地

我照常来到某地

泡温泉　吃鱼虾　海洋陆地的闲逛

躺在阳台的摇椅里看书

看旧书

看秋水共长天一色

把眼前的什么山

看成马丁·路德·金梦想里佐治亚的红山

看昔日奴隶的儿子和奴隶主的儿子坐在一起

共叙兄弟情谊……

某地阳光明媚

晒软了我

终日软绵绵的我

感觉自己从没这么像个女人

像一个美好时代减少的：黑暗中的人

增加的光明的人

2010.11

云居山之夜

梦不见你
就不会梦见任何人

佛光之夜
神在播种

我圆满于我的缺失……和那
被粉碎了的……

阿弥陀佛：慈悲花是什么花
阿弥陀佛：诗人是什么人

2010.11

倾听之手

小腿上
一道突然暴露的疤痕
让他们的谈话从遥远的柏林墙
来到眼前

她缓慢的讲述
停顿　弥漫着树脂　泥土　果实
以及阳光味道的风
让他确信
多年之后
她已经允许他用倾听之手抚摸她的伤痛
多年……之后

人生太虚无了

虚无让人伤感
他的倾听之手正被这伤感的力量所召唤
所命令：
捧起这张脸
埋在自己的胸前……

2010.11.3

新年的第一首诗

我想写好新年的第一首诗
它是大道
也是歧途

它不是哥特式教堂轰鸣的钟声
是里面的忏悔

仅仅一个足尖　停顿
或者旋转
不会是整个舞台

它怎么可能是谎言的宫殿而不是
真相的砖瓦
和雪霜

它是饥饿
也是打着饱嗝的　涉及灵魂时
都带着肉体

是我驯养的　缺少野性和蛮力

像我的某种坐姿

装满水的筛子……

2011.1

2010年除夕

最后一夜……

她当然知道自己在说什么
当然

没有勃拉姆斯　也不是1896年
他从瑞士赶往法兰克福的那种痛苦

冰雪大地的上空
政府在燃放烟花

人民或者生活
在吃团圆饭

那些包着火的纸　在往好处想——
那些正在变成尘埃的眼泪
将要变成纪念碑的石头

和铜

2011.3

阿木去乎的秋天
　　——致某画家

我放弃了有《圣经》的静物　和它可能成为的
另外的东西

我放弃了多

我留下了阿木去乎的秋天
阿木去乎
所有的荒凉
都在它的荒凉里消失了

2011.3

手　语

两个哑孩子
在交谈　在正午的山坡上

多么美　太阳下他们已经开始发育的脸
空气中舞蹈的：手
缠绕在指间的阳光　风　山间溪水的回声
突然的
停顿
和
跳动
多么美

——如果　没有脸上一直流淌着的泪水……

2011.3

藏　寨

七八只羊
两三只鹰

翻过雪山的风
吹着金色的荒凉　吹旺了一盆秋天的粪火

多么美
坡上　一截背水的腰

和向她飘去的神秘藏语：唵　嘛　呢　叭　咪　哞
阿木去乎　我省略了关节炎　类风湿
卓玛的疼……

我省略了一张油画……该省略的

2011.3.18

人民广场

我喜欢草地上那些被奔跑脱掉的小凉鞋
直接踩着春天的小脚丫　不远处
含笑的年轻母亲
饱满多汁
比云朵更柔软
比短暂的爱情更心满意足
她们又笑了
哦上帝　我喜欢人类在灿烂的日光下
秘密而快乐地繁衍生息……

——母亲和孩子　多像人民广场

2011.4

铜　镜

我喜欢它
它就来到了我的书房
和卡尔·马克思的《资本论》挨在了一起

它是大唐的还是晚清的又有什么关系
它是从前的

当日光退去
夜幕降临
《资本论》思乡般把自己还原成德文
它就把自己颤抖成一个音符
踩着我的黑白琴键
和空气中的氧
回到了从前
王和后中间
妃子和桃花的左右

用青铜的声音
对从前的月亮和江山说：他们用诗歌
说谎

2011.4

夜　归

你带来政治和一身冷汗

嘴上颤抖的香烟　你带来漆黑
空荡的大街

鸽子的梦话：有时候　瞬间的细节就是事情的全部

被雨淋湿的风
几根潮湿的火柴　你带来人类对爱的一致渴望

你带来你的肉体……

它多么疲惫
在卧室的床上

2011.5

我对她说

很快　我就醉了
就在古尔班通古特沙漠的月亮上
看见了你

真心或者酒意
我反复念叨着：
我想偷一个会跳舞能放牧的维吾尔族姑娘给你

慕萨莱思
慕萨莱思

有一刻
我几乎看见了人生的意义
看见身体里的另一个我
暮年的安详
我对她说：我知道你年轻时的酒量
认识你类似的忧伤

我一直对她说：辽阔的新疆
我想偷一个会梳头深眼窝的小女孩给自己

2011.8

大于诗的事物

太阳像一坨牛粪

吃羊肉啃羊头的诗人起身盟誓：来世变成草
我变什么呢
花瓣还是露水

还是刺？
天知道哪片云彩里有雨
谁知道你？牦牛还是卓玛

那个叫上帝的？一定还有什么
还没发生
还在命里

大夏河　我掏出我的心洗了洗

时间如此漫长
一条完美的裙子
一场爱的眼泪

还应该有一种随时准备掉下来的感觉

大于诗的事物:天祝牧场的炊烟

2011.9

白银时代

我读着他们的诗句　他们做诗人的
那个时代

逮捕　处决　集中营

雪花兄弟的白袍
钟的秘密心脏
俄罗斯　有着葬礼上的哀伤

死对生的绝望……

黑暗　又意味着灿烂的星空：
那些秘密
而伟大的名字

意味着一个时代：小于诗

2011.11

卷四

（2012—2018）

小和尚

不挑水
也不过河　眯着眼
笑

三亩春风
两道闪电
一个意念：把自己笑到一朵桃花上

然后呢
这是谁的问题　蜜蜂
还是蝴蝶

还是弗洛伊德？

然后
继续笑

2012.3

诗歌问候哲学
——给 LY

诗人进京了
去看一双康德穿过的皮鞋
北京　给诗人一个好天气吧

像德国　给哲学家一条栽种着菩提树的小道

地球已经衰老
但这两样东西还在：
我们头顶的星空和心中的道德律

不可知论者
与美好和崇高感情的观察者也在

人们依然不会向上跌一跤

一生没有离开过出生地 40 公里范围的康德
他的鞋
来到了 21 世纪的中国

像诗歌问候哲学

诗人问候着康德

老康德　你要努力把其中的一只鞋
向上抬一抬

如果这一只　意味着我们人类
日渐低落的道德准则
就再抬一抬吧

2012.3

云南的黄昏

云南的黄昏

我们并没谈起诗歌

夜晚也没交换所谓的苦难

两个女人

都不是母亲

我们谈论星空和康德

特蕾莎修女和心脏内科

谈论无神论者迷信的晚年

一些事物的美在于它的阴影

另一个角度：没有孩子使我们得以完整

2012.3

自　由

为自由成为自由落体的
当然可以是一顶帽子

它代替了一个头颅
怎样的思想？

像海水舔着岸
理想主义者的舌尖舔着泪水里的盐

"他再次站在了
高大坚实的墙壁和与之
相撞的鸡蛋之间……"

——你对我说　就像闪电对天空说
档案对档案馆说

牛对牛皮纸说

2012.4

喜 悦

这古老的火焰多么值得信赖
这些有根带泥的土豆　白菜
这馒头上的热气
萝卜上的霜

在它们中间　我不再是自己的
陌生人　生活也不在别处

我体验着佛经上说的：喜悦

围裙上的向日葵爱情般扭转着我的身体：
老太阳　你好吗？

像农耕时代一样好？
一缕炊烟的伤感涌出了谁的眼眶

老太阳　我不爱一个猛烈加速的时代
这些与世界接轨的房间……

朝露与汗水与呼啸山风的回声——我爱
一间农耕气息的厨房　和它

黄昏时的空酒瓶

小板凳上的我

2012.5

夜晚的请柬

吹进书房的风　偶尔的

鸟鸣　一种花朵

果实般的香气

晾衣架上优雅而内敛的私人生活

和它午后的水滴

对爬上楼梯的波浪的想象……

下一首诗的可能

或者钢琴上的巴赫

勃拉姆斯　她习惯了向右倾斜

偶尔在黑键上打滑的小手指

米兰·昆德拉的　轻

夜晚的请柬上：世界美如斯

2012.6

没有比书房更好的去处

没有比书房更好的去处

猫咪享受着午睡
我享受着阅读带来的停顿

和书房里渐渐老去的人生!

有时候　我也会读一本自己的书
都留在了纸上……

一些光留在了它的阴影里
另一些在它照亮的事物里

纸和笔
陡峭的内心与黎明前的霜……回答的
勇气
——只有这些时刻才是有价值的

我最好的诗篇都来自冬天的北方
最爱的人来自想象
2012.6

村　庄

她在门槛上打着盹
手里的青菜也睡着了

正在彼此梦见

孤独是她小腿上的泥
袜子上的破洞
是她胸前缺失的纽扣
花白头发上高高低低的风

孤独　是她歪向大雾的身体和寂静的黄昏构成的
令生命忧伤的角度

——只有老人和孩子的村庄是悲凉的

2012.6

确　认

那是月光
那是草丛
那是我的身体　我喜欢它和自然在一起

鸟儿在山谷交换着歌声
我们交换了手心里的野草莓

那是湿漉漉的狗尾巴草　和它一抖一抖的
小茸毛　童年的火柴盒
等来了童年的萤火虫？

哦那就是风
它来了　树上的叶子你挨挨我　我碰碰你
只要还有树
鸟儿就有家

那是大雾中的你
你中有我？

那是我们复杂的人类相互确认时的惊恐和迟疑
漫长的叹息……就是生活

生活是很多东西

而此刻　生活是一只惊魂未定的蜘蛛
慌不择路
它对爱说了谎？

2012.6

然而　可是

一片空白

来自一个失眠的大脑

渴望成为塑像的愿望使他血脉偾张

浑身发烫

关了灯

他制造黑暗

拆开苦难的18个笔画

捆在身上

插在头上

蒙在脸上

以即将倒下但可以呼救的姿态倾斜着自己

接下来是真理

然而

真理过于抽象

且不实用

他拎出其中的王

玩了玩

霸王别姬

又装上

这一切似乎远远不够……可是

站成一首危险的诗——他命令
墙上的影子

啪——啪——

然而　并没有谁的肉体因此成为黎明前的青铜之躯
是两个拾荒的老人早早出门了

2012.6

寂静之光

他是站着的人
还是一只落在天桥上的鹰

夕光中　他做了一个俯冲的动作
像鹰张开翅膀
他看见辽阔的玛曲草原和风

风中的羊儿吃草
吃具体的露水
吃太阳的光亮

多么漂亮的两匹马啊
马背上的骑手也那么年轻
他们经过了什么
那些用藏语命名的事物和它们的寂静之光？

在那遥远的地方
他们经过什么
什么就点燃篝火
唱起深情的牧歌

当他收拢双臂

他是看见美好如何转瞬即逝的人

2012.6

向 西

唯有沙枣花认出我

唯有稻草人视我为蹦跳的麻雀　花蝴蝶

高大的白杨树我又看见了笔直的风

哗哗翻动的阳光　要我和它谈谈诗人

当我省略了无用和贫穷　也就省略了光荣

雪在地上变成了水

天若有情天亦老向西

唯有你被我称为：生活

唯有你辽阔的贫瘠与荒凉真正拥有过我

身体的海市蜃楼　唯有你

当我离开

这世上多出一个孤儿

唯有骆驼刺和芨芨草获得了沙漠忠诚的福报

唯有大块大块低垂着向西的云朵

继续向西

2012.7

秋　天

一阵猛烈的风
秋天抖动了一下
那么多石榴落下来
寂静在山岗的哑孩子　奔跑着
欢乐的衣衫鼓荡着风　他又看见树下的另一些

这是我多么愿意写下去的一首诗——

秋天的大地上：那么多猛烈的风　幸福的事
那么多奔跑的孩子
红石榴

2012.8

合　影

不是你！是你身体里消失的少年在搂着我
是他白衬衫下那颗骄傲而纯洁的心
写在日记里的爱情
掉在图书馆阶梯上的书

在搂着我！是波罗的海弥漫的蔚蓝和波涛
被雨淋湿的落日　　无顶教堂
隐秘的钟声

和祈祷……是我日渐衰竭的想象力所能企及的
美好事物的神圣之光

当我叹息　甚至是你身体里
拒绝来到这个世界的婴儿
他的哭声
——对生和死的双重蔑视
在搂着我

——这里　这叫作人世间的地方
孤独的人类
相互买卖

彼此忏悔

肉体的亲密并未使他们的精神相爱
这就是你写诗的理由？一切艺术的

源头……仿佛时间恢复了它的记忆
我看见我闭上的眼睛里
有一滴大海
在流淌

是它的波澜在搂着我！不是你
我拒绝的是这个时代
不是你和我

"无论我们谁先离开这个世界
对方都要写一首悼亡诗"

听我说：我来到这个世界就是为了向自己道歉的

2012.10

伯格曼墓地

你好伯格曼
你真的很好
你 12 克重的灵魂和法罗岛的海鸥赞同
被你用黑白胶片处理过的人类的疯狂与痛苦
也赞同
与你的墓碑合影
谈论你的女人
我们知道那是怎么一回事
却无从猜测大师的晚年
将自己隐居起来的内心
和他壁炉里彻夜燃烧的波涛
我们无从猜测被波罗的海的蔚蓝一再抬升的
落日
仍在天上
你在地下
哭泣和耳语
那个戴着小丑面具的妇人
她的发辫和裙子多么美——当她躬身
脸颊贴向墓碑
伯格曼　你的墓前盛开 1960 年的野草莓

2012.12

神在我们喜欢的事物里

我躺在西北高原的山坡上
草人儿躺在我身旁
神在天上

当沙枣花变成了沙枣
神在我们喜欢的事物里

我一个孩子懂什么阶级
没有了小提琴
我孤单地跟着一条小河
几只蝴蝶　翻山吃草的羊群
跟着我……

高原上　当我对一只羊和它眼里辽阔的荒凉与贫瘠说：
神在我手心里
我一定紧紧攥着一块糖

而不是糖纸包的玻璃球
不是穷孩子们胃里的沙枣核

2013.1

胡适墓

这个黄昏是喜鹊的
也是乌鸦和猫头鹰的

那些飘过墓地的云朵多么轻
那些懂得肃穆和叹息的竹柏树

"宽容比自由更重要"
波浪还在海上

不是背叛的玫瑰
和词语的炫技之花

2012年最后一天　台北南港
胡适墓前多了三个诗人

少了三颗鹅卵石
然而　它们并未通过桃园机场的安检到达诗人的书房

2013.2

哥特兰岛

她没想什么

哥特兰岛的海滩上　她享受着美
和宁静对生命的尊重

与抚慰……

和思想里的微风
相视而笑

并和那些对知识分子持不信任态度的海鸥交换了叫声

2013.5

李白像前

很好　用泥土为诗人塑像
比用金子更好

风向西
他的胡须向东

五花马　千金裘　呼儿将出换美酒
那个叫李白也叫杜甫的唐朝

喜鹊站在飞檐上
就像月亮站在太阳下

墓地与遗址
存在与虚无
人或者神

——这台阶之上的黄昏
有人开始思想：在我做诗人的这个时代……

2013.5

移居重庆

越来越远……

好吧重庆
让我干燥的皮肤爱上你的潮湿
我习惯了荒凉与风沙的眼睛习惯你的青山绿水　法国
　梧桐
银杏树
你突然的电闪雷鸣
滴水的喧嚣
与起伏的平静
历史在这里高一脚低一脚的命运——它和我们人类
都没有明天的经验
和你大雾弥漫
天地混沌时
我抱紧双肩茫然四顾的自言自语：越来越远啊……

2013.6

西藏：罗布林卡

它是我来世起给女儿的名字：罗布林卡
它是我来世起给女儿和儿子的名字：罗布和林卡

它是我来世想起今生时的两行泪：罗布……林卡

2013.6

奇　迹

她瘦小　孤单　嘴唇干裂
发辫被山风吹乱
她望着我

在日喀则
我遇见了童年的我

风吹着她胸前1970年的红领巾
吹着我两鬓的白发

她望着我　像女儿望着母亲
我羞愧

突然辛酸……

关于生活
我想向她解释点什么

就像一根羽毛向一阵大风解释一颗颤抖的心
像因为……所以……
2013.6

哀
——悼韩作荣先生

来世,我还叫你韩老师

来世,我还把诗稿从兰州市张掖路143号寄给你

来世,我们还和你一起坐在诗歌的山坡上一根接一根地
  抽烟

来世,我们还在灰暗的人世间赞美你的红毛衣

来世,我们把灯称为月亮

来世,我还在2013年8月31日

深圳"第一朗读者"现场接过你手中的奖状

我还给你行一个军礼……

2013.11.14

想兰州

想兰州
边走边想
一起写诗的朋友

想我们年轻时的酒量　热血　高原之上
那被时间之光擦亮的：庄重的欢乐
经久不息

痛苦是一只向天空解释着大地的鹰
保持一颗为美忧伤的心

入城的羊群
低矮的灯火

那颗让我写出了生活的黑糖球
想兰州

陪都　借你一段历史问候阳飏　人邻
重庆　借你一程风雨问候古马　叶舟
阿信　你在甘南还好吗

谁在大雾中面朝故乡
谁就披着闪电越走越慢　老泪纵横

2013.12

涌泉寺祈求

让孩子们呼吸无毒的空气
喝干净水

神啊　让世人掏出自己的心肠
洗一洗

让后面的人吃从前的食物
用从前的月光
从前的秤砣
睡得踏实些吧

你允许世界辽阔　举目无亲
你不允许诗人和麦粒也已万念俱灰

2014.1

诗人之心

一个生词：职业革命者
上午的阅读停止了

以革命为职业
那流血牺牲呢？
我望文生义
浮想联翩

我已经很少浮想联翩了
天天向下的还有我根须一样的想象力

眼眶潮湿
或悲从中来
不是胸前佩戴过的红领巾
档案袋里的誓言
思想里的白发
而是一颗天真的诗人之心

2014.3

两地书

活着的人　没有谁比我更早梦见你
你对我说……
你对我说……

你的死对我说……恍若
来世……致敬：
今生

2014.4

所有的

所有突然发生的……我都认定是你
一条空荡的大街
镜子里的风
脸上晃动的阳光
突然的白发
连续两天在上午九点飞进书房的蜜蜂
掉在地上的披肩
要走的神
和要走的人
心前区刺痛
划破我手指的利刃
包裹它的白纱布
继续渗出纱布的鲜血
所有发生在我身上的
都有你

2014.4

博　鳌

博鳌是私人游艇的
也是百姓渔船的

但归根结底是百姓渔船的
无产阶级是社会的主体

用一只胳膊拥抱我们的友人
用意念解开他胸前的纽扣：

"我脱下的不是一件外衣
是我失去的那只手臂撕下我的皮"

大海风平浪静　辽阔的海面上
晃动着一个叫私人游艇的火柴盒

他把方向盘交给时代的波澜
时而交给大海的惯性

更多的火柴盒　成功者　浮出水面的精英
毛发一律向后飞扬：

"我的谎言是纯净的
不掺和一丝真相"

精英意味着一个时代的方向
谁是后天的被告？

我习惯百度的右手像鼠标点击着空气
美好时代是由什么构成的

我的海上问题将在岸上结束
在友人花园的宽大摇椅里消失

人类对自己的审判　以及达利笔下
那块软体表　都有着滑稽相

2014.5

大雾弥漫

我又开始写诗
但我不知道　为什么

你好：大雾
世界已经消失
你的痛苦有了弥漫的形状

请进　请参与我突如其来的写作
请见证：灵感和高潮一样不能持久

接下来是技艺　而如今
你的人生因谁的离去少了一个重要的词

你挑选剩下的：厨房的炉火
晾衣架上的风　被修改了时间的挂钟

20世纪的手写体：……

人间被迫熄灭的
天堂的烟灰缸旁可以继续？我做梦

它有着人类子宫温暖的形状
将不辞而别的死再次孕育成生

教堂已经露出了它的尖顶
死亡使所有的痛苦都飞离了他的肉体

所有的……深怀尊严
他默然前行

一只被隐喻的蜘蛛
默默织着它的网　它在修补一场过去的大风

2014.5

腾冲·国殇墓园

这排列整齐的墓碑　漫山遍野
哀乐中被雨淋湿的和平　和平鸽

又一个人类的早晨
太阳按习惯升起
他们依然在自己的队列里
等待复活的口令

谁发出这口令　有根带泥的闪电
突然的倾盆大雨　胜利和正义
或其中之一
六尺黄土下的光荣
手持一枝小菊花
站在雨中的孩子们
还是历史卷宗里的这封遗嘱：
"如师长战死,以副师长代之,副师长战死,以参谋长代
　之,参谋长战死,以某团团长代之……"

冲锋号　子弹　战功　燃烧的视网膜
被铁丝网刺痛的地平线……

死亡是黑色的
由生命来实现
用阿拉伯数字计算

那个身披伪装树叶
头戴德式钢盔
手持 M1917 式步枪
穿着草鞋奔赴缅甸战场的青年
已经变成中国远征军抗日将士纪念碑上的一块青铜

——死亡缝合了他们模糊的血肉
死亡搀扶着他们穿过蚂蟥与瘴气的野人山——唯有死亡
可以穿过的丛林
在这里　东经 98°45′　北纬 25°52′的叠水河边
死亡还原了他们的生命—— 一块青铜
使他们获得了永生！

2015年4月5日
站在祭奠的人群中
我的眼泪比这一天的雨水复杂
比高黎贡山模糊

鹅毛树与长蕊木兰的山坡上
大自然的花香
并不因满山遍野的哀乐而消失

这一天　我允许自己在一张黑白照片前释然：
广岛升腾的蘑菇云——它有一个可爱的名字：小男孩

2014.5.20

我想起
——给咪咪

想起你脸上的泪

想起我望着尘世时
想重新给你一个童年的愿望
那一刻我做了母亲
突然的海市蜃楼
多么美
突然的你
我想起草地上你说起爱情时笑眯眯的小模样
发辫挂着雨珠

喀拉峻草原的风已经停了
是我在叹息：
一个孩子必须交出阅历的成长
多么揪心啊

2014.7

唱吧……

在新疆　有太阳的地方
就有十二木卡姆　眼泪变成大地的葡萄

　　唱吧

在新疆　有篝火的夜晚
就有生之美好　身体的闪电啪啪作响

　　唱吧：两只小山羊爬山的呐
　　　　　两个小姑娘招手着呐

在新疆　有你的地方
就有诗人　天真拥抱着天真

　　唱吧：我想过去呀心跳的呐
　　　　　我不过去吧心想的呐

在新疆　鹰荡着秋千的地方
就是暮色中被雨淋湿的喀拉峻草原

　　唱吧：我想留下呀狗咬的呐

我不留下吧心痒的呐

在新疆　有村庄和墓地
就有人相信爱情　写出这两个字我的心就软了

　　唱吧：在那遥远的地方

2014.7

治　疗

我躺在床上
他们帮助我把一张床想象成一朵云
我的身体仍以血肉之躯缓缓上升
并不还原虚无
或尘埃

接受了暗示
我开始恍惚
和周围的云朵打着招呼
寂静使天空更空
现代医学用空荡和辽阔医治幽闭恐惧症：
对封闭空间和充满群众的广场的焦虑

云朵自由
我一脸阳光
呼吸均匀　舒畅
一朵云曾经是一把小提琴？
小女孩在广场被挤丢的一只花布鞋？
两支发烫的就要自燃的鼓棒？
她哭着欢呼
她哭着沸腾

低矮的她看不见真理
看见丛林般澎湃的大腿
像呼啸而来的多米诺骨牌
当她醒来被一个时代的小黑板告知：
对讴歌　犯下了先天聋哑的错误

治疗仪发出盛世的鸟鸣和流水之声
地球是圆的
星星在闪光
我看见真理的尾巴正吃着自己的头

我究竟想说什么　或者
永远咽下？
我看见人世间的我
不是一根刺是一炷香
在人间寺院里
正以落后时代一千零一夜的速度
对命运述职：
我的人生是业余的
诗人是专业的

2014.8

十九楼

一根丝瓜藤从邻居的阳台向她午后的空虚伸来
它已经攀过铁条间的隔离带
抓紧了可靠的墙壁
21世纪　植物们依然保持着大自然赋予的美妙热情
而人心板结
荒漠化
厌世者也厌倦了自己
和生活教会她的
十九楼
她俯身接住一根丝瓜藤带来的雨珠和黄昏时
有些哽咽：
你反对的
就是我反对的

2014.8

古城墙

而我们活着

磕开酒瓶
关上心扉
生活就是秘密

两个囚徒
同一面墙

有人用你的身体在城墙坐下
有人用被你握过的手
抚好风中的乱发

有人越来越像你了
说话像
不说话更像

存在就是被感知
如此美满的哲学　如此仁慈

21 世纪的万家灯火

是公元 266 年漫山遍野的萤火虫

2014.11

安 检

张开手臂

脱掉靴子

和大衣

探测棒在我身体上游来游去

一条小鱼

我有了溪水清澈的感觉

溪水是安全的

是激烈的闪电平静于大地

那团火早就灭了

此时的我

和五天前

站在这里的我

是同一个

活着玩的

2014.12

圣彼得大教堂

宗教是古老的
教堂应该又老又旧
我这么想着
在时差和颈椎增生中晕眩
不能自持

感谢上帝将我一把扶住
辉煌的穹顶下
我及时给了圣彼得大教堂一个笑
给永恒的气味
天花板上的中世纪

给圣彼得手上那两把通向天堂的金钥匙
他右边的格林威治时间

有人正在为国家哭泣
有人为一只生病的金鱼

十字架上的耶稣　他受难
他多么美
旋涡般的眼睛深陷

世人向外流出的泪
他向内流淌

打扫祭坛的老人佝偻着
她手里的小铁铲钟摆般平静　准确
不会惊扰谁的忏悔
谁最卑微的祈祷

梵蒂冈的黄昏
月亮从忏悔席升上天际

2015.1

大　醉

荔枝树下
大醉
你自诩贵妃
去了一趟唐朝
那些荔枝树偷偷去了马嵬坡
一夜悲情
果实落尽
重又把自己种进泥土

2015.5

安居古镇

穿长衫的说书人
说着光绪年间的风

说到戊戌变法时声音低了下去
抬起头他问:今昔是何年?

一滴冷汗
几只无所谓江山只想多活一日的蝉鸣

几个糖人儿
青石板上布鞋永远跟在皮鞋后面的回声远了

旧木窗　他望着生活的脸多么委屈
黝黑的意志像发青的眼窝塌陷

强硬的生活又善待过谁呢
它拆开我们　并不负责装上

诗可以停在这里　也可以继续
解读四千年前安居的本意:

几棵野菜　一篓小鱼
哗啦啦　滚铁环的孩子把落日推到了天边

阁楼或客栈　或者茶肆　笑盈盈的娘子身子一斜
月亮就从大安溪打捞起自己

挂上波仑寺的飞檐

2015.6

这里……

没弄丢过我的小人书

没补过我的自行车胎

没给过我一张青春期的小纸条

没缝合过我熟得开裂的身体……这里

我对着灰蒙蒙的天空发呆　上面

什么都没有　什么都没有的天空

鹰会突然害怕起来　低下头

有时我想哭　我想念高原之上搬动着巨石般

大块云朵的天空　强烈的紫外线

烘烤着敦煌的太阳　也烘烤着辽阔的贫瘠与荒凉

我想念它的贫瘠！

我想念它的荒凉！

我又梦见了那只鹰　当我梦见它

它就低下翅膀　驮起我坠入深渊的噩梦

向上飞翔　它就驮着我颤抖的尖叫

飞在平坦的天上——当我

梦见他！

这个城市不是我的呓语　冷汗　乳腺增生

镜片上的雾也不是　它不是我渴望的

同一条河流

一个诗人床前的

地上霜　我抬头想什么

它永远不知道！渐渐发白的黎明

从未看见我将手中沉默的烟灰弹进一张说谎的

嘴——　它有着麦克风的形状

我更愿意想起：一朵朵喇叭花的山冈

和怀抱小羊的卓玛　神的微笑

在继续……那一天

我醉得江山动摇

那一天的草原　心中只有牛羊

躺在它怀里　我伸出舌头舔着天上的星星：

"在愿望还可以成为现实的古代……"

黎明的视网膜上

一块又似烙铁的疤

当它开始愈合　多么痒

它反复提醒着一个现场：人生如梦

你又能和谁相拥而泣

汉娜·阿伦特将一场道德审判变成了一堂哲学课

将她自己遗忘成一把倾听的椅子

失去故乡的拐杖……

人类忘记疼痛只需九秒钟

比企鹅更短

那颤抖的

已经停下

永不再来

只有遗忘的人生才能继续……这里

我栽种骆驼刺　芨芨草　栽种故乡这个词

抓起弥漫的雨雾

一把给阳关

一把被大风吹向河西走廊

而此刻　我疲倦于这漫长的

永无休止的热浪　和每天被它白白消耗掉的身体的激情

2015.7

星期天
——致诗人 GM

你写诗

仿佛住我隔壁

天地都在梦中

黎明在路上

我听见你选择词语的声音

或掸去蒙尘

语言你越尊重它　它越有能力

抵达　或者:一首诗的歧义会使它多次诞生

嘴唇对准麦克风时你是国家机器的一个微小零件

可以忽略不计

但第七日你是诗人:

身上有一个证人

2015.7

诺贝尔湖

它的垂柳悠荡
它突然的光亮保持着闪电的形状

此时的我　一个在江南
一个在戈壁
前者是我通往敦煌的路上看见的海市蜃楼

你雀跃欢呼　你无法靠近　它是虚像
光学幻景
某种爱

人生至此
需要另起一行

一座寺院需要经卷　也需要佛光
一片湿地需要一行白鹭　几只天鹅

科技城理智而坚硬　泛着白光
诺贝尔湖是它突然柔软下来的眺望

是大自然对人类的提醒：
谁顺从自然谁就承受其恩典

2015.9

赵一曼故里

这棵树越长越高
愿树上的星光里住着她被故乡用方言喊回来的魂灵

愿白花镇崎岖的山路上走来像她的人
流水哽咽　生死重逢

愿她栽种的这棵桢楠树结出纪念的果实：
她喊过的口号
写给儿子的遗书

只有时间知道这意味着什么
愿我键盘上的双手从未打出过这样的文字：

摁在乳房上的烙铁　钉进手指的铁签
炭化的身体……够了

愿我闭上的眼睛里她是抱着孩子的年轻母亲
愿这棵桢楠树　永远三十一岁

2015.9

向北方

突然想看看自己在南方大雪中
回忆起北方故乡
和童年的脸

——只有心怀炊烟
才能看见从童年滚来的铁环

我给它欢快的下坡
被撞响的落日
奔跑而来
又将它叼回童年的小柴狗

鸡毛毽
小提琴
发辫上的沙枣花
但我想给自己另一个童年

白茫茫
向北方
想起一些人

忘掉一些事

——没有几次断肠 人生有什么意思

2016.1

谎　言

小鸟死了

死于雨夹雪
天上掉下一颗小星星
死于漫长的黑
另一只鸟对它的思念
——谎言近乎完美

餐桌上
我们交换着各自的谎言
被一个六岁孩子确信的目光

晨光中
他照例为小鸟捧去一碗清水
空荡荡的鸟笼前
他的小胳膊抖了一下
眼泪流了出来：
小鸟飞走了

天上人间

六岁的声音多么美好:
小鸟又飞回树林了……

2016.12

西北风就酒

西北风就酒
没有迷途的羔羊前来问路

我们谈论一条河的宽阔清澈之于整个山河的意义
彼岸之于心灵

中年之后
我们克制着对人生长吁短叹的恶习

不再朝别人手指的方向望去
摆放神像的位置当然可以摆放日出

你鼓掌
仅仅为了健身

真理与谬误是一场无穷无尽的诉讼
而你只有一生

自斟自饮　偶尔也自言自语
时代在加速　我们不急

远处的灯火有了公义的姿态却缺乏慈悲之心
我们也没有了一醉方休的豪情

浮生聚散云相似
唯有天知道

每次我赞美旅途的青山绿水
我都在想念西北高原辽阔的荒凉

2017.1

西樵山

三湖书院的门虚掩着
戊戌变法的摇篮曾在此晃动

飞檐傍云　康有为读什么书
梵音袅袅　红尘有什么苦

什么苦都吃

西樵山此刻风雨
我双手合十：诗人之心不变

2017.3

认　亲

日出天山
新疆辽阔

欢乐的歌舞　美酒　葡萄干之后
无人和她相认

望着窗外的风雪　老人哼起忧伤的歌
像失去了一个真正的亲人

"感谢晚点的飞机……我认领的
维吾尔族亲戚是一位年迈的女性入殓师"

——在遥远的麦盖提
诗人沈苇继续写道：

她不与人握手
不对谁说再见

照片上　她的披肩是秋天的果园
她在笑　人类的笑容不需要翻译

在遥远的麦盖提
老人并不明白维汉两族认亲的时代意义

只知道活在世上
多一个亲人的好

2017.3

鼓　掌

越鼓掌越生气
越鼓掌越郁闷
鼓着鼓着他开始失声痛哭

2017.5

龙门石窟

世事变
佛的目光不变

须弥台上
石佛还是一千三百年前的眼神
把一缕竹林清风望成
布衣长衫
就有了顺着伊河漂回古代的愿望

唯有河流通往古代
清朝只需道听途说
我也嫁给了汉人
历经十八帝的宋朝
骤雨初歇
每一只寒蝉都叫着柳永
满地黄花都是李清照
在唐朝
我要多停些时日
唐朝好啊
唐朝的女人都胖了
在马嵬驿　我

朝思：天长地久

暮想：有尽时

哭得像个泪人

起身时

甩着衣袖上的今生

用戏曲唱腔念道：

这诗……就……停在这儿了

2017.6

草堂读诗

杜甫　今天我们在你家院子里读诗
今天世事变轻　时间放慢

你生前见过洋人?
现在他们都来了　身体微俯

对你——行拱手礼

你坐着听　像雨雾坐在飞檐上
我们站着诵　像月光站在月亮下

一缕炊烟从谁的嗓音里飘出
你认识它里面的五谷和朝露

我们只认识这两个字
和高大烟囱的滚滚黑烟

不是所有的法国诗人都会带来
《米拉波桥》　一阵恍惚……

突然的停顿里

有一场雨　翻译过来是说：

有人厌世
有人靠祈祷生活

南村群童在哪里？我指指你
又指指花草树木　地上的坑坑洼洼

佛祖明白的
基督也明白

浣花溪畔　我顺便告诉他们：
杜甫时代的秋风已经结束了

2017.9

读卡夫卡

扉页上　他惊恐的黑眼睛越陷越深
里面有一座精神监狱

一个国家的抑郁史
读书人只能读书

一只甲虫　得到了时间的邀请——
在卡夫卡与恋人的合影上

保持着旁观者的寂静　我叫它：朵拉
它就是卡夫卡的棺木放入墓穴时

拼命往里跳的女人　你想起
一个人的爱　纪念和赞美

比遗忘和诅咒更好　我叫它：因果
它就是石器时代的萤火虫

对人类万家灯火的想象　我叫它：汉字
它就是一首诗的可能和破绽

它给过我们勇气？我叫它：芸芸众生
人性的　和尚未变成人性的……

偶尔的厌世是一种救赎　我叫它：今天
它就是 2017 年剩下的最后一个黄昏

2017.10.20

学府路

没有时间仰望星空的童年
不再是童年……每次
从这里经过
都悲从中来
失去了童心和漫长的人生所必需的——快乐的能力
孩子们学到了什么？
每一次
我都对这条学府路说：
不尊重个体生命差异的教育是一把斧子

2018.1

斯古拉

斯古拉落雪了吗
落了
小小的沙棘果就熟了
孩子们唱:让马儿闪闪发光的树……

跳下云朵
努力返回故乡的长尾鸟
在童年的溪水中看见自己了吗
看见
它就老了

斯古拉
每一个生灵都有来世
每一条溪水都来自前生

当我们靠近
用胳膊遮住笑容的吉姆奶奶
她的四颗门牙都补上了吗
补上
草原的笑容就露出来了

寂静啊

你有没有来世变成一块云朵一座雪峰的愿望

有

你的眼泪就下来了

2018.1.23

还是斯古拉

当我在键盘上打出斯古拉山
几只温驯而警惕的牦牛
抬起头
看着我

心中的力量突然一软
此刻与漫长的往昔分离

高原草甸上　这些庞大的躯体同样
警惕着几个矮小的雪人
绕道而行时
尾巴安静地低垂着

它们舔舐暮色
枯草败叶上的雪花
舔舐鹰的影子
人类目光中的盐

像一次猛烈的祷告
那突然朝着太阳急速奔跑的牦牛群
神秘而悲壮

突然
热泪盈眶

2018.2

阳台上的摇椅

它摇着空
那并未开始的另一种人生……

它摇过生于 1953 与 1993 的不同但
同样是短暂的欢悦和长久的空虚

这些叫声婉转或尖厉的鸟儿
无论叫什么名字　天空都叫它：翅膀

它摇着仅仅用来眺望
而非陷入回忆的阳台

花盆里的麦苗
将自己栽种到辽阔田野的愿望

从世界退回到一颗心：
……那一夜的泪水洗净了我一生的脸

它摇着我用舒服的姿态读过的书
删除的人　这一年或那一年

只读不写的理由　哦　线装书里的山河
什么才是：从没有谁像这个人那样是那么多人

它摇着蓝了一会儿的天空取悦时代的决心
一个阿尔茨海默症患者回首往事的企图

2018.2

点　赞

我为灵魂的存在和量子纠缠点赞
为暗物质和瓦楞上的无名草
为我书房里两只毛茸茸的鸟
在一幅画的山水中获得了永生
为空荡的监狱
成为被大地遗忘的石头
风沙变成芝麻
为我们这一代人
所经历的……
银杏叶飞舞着来世
成为金色蝴蝶的愿望
为重庆的太阳
但我有时又站在大雾一边
为这样的上帝：
要善待儿童和诗人
因为他们是我的使者……
我为世界各博物馆的敦煌文物点赞
——在　就是好

2018.2

中川机场

在兰州中川机场
我和诗人李元胜一前一后排队安检
他顺利通过
安检员对照我的身份证
脸上的笑脱离了威严的职业现场
有些调皮
"一起虚度时光?"
"各自虚度　偶尔一起"
窗外的群山依旧光秃　草木空荡
我多么熟悉这里的荒凉……
但这是一个读诗的机场
那一刻　我原谅了所有抱歉的通知
误点的航班

2018.3

林 芝

当无边无际的油菜花　摇曳着
藏语大地的金色星空
睡袋里
我脸上的水泡
有着无法挽回的歉疚——
只有三十几天生命的蜜蜂　蜇过我
它的生命就结束了
或许它还没有体验过采蜜的滋味

2018.3

第六病区

有人玩着空气
有人正把自己的影子按进一堵墙里
呼救声捂在手心里

有人用昼夜做成剪子是因为
那些叫想法的东西
就隐藏在空气里
一直剪下去
它们就不会连接成一条绳索

如果她将乱发束起
头顶正盘旋着一只海鸥
就是马克斯·克林洛油画中站在礁石上的女人：
打完这些药水
我能变成一条鱼吗？

——她替我们疯着

2018.3

霍　金

这个替我们仰望星空的人走了
万物都有结局
你是今天英国《卫报》讣闻中写的那个人
是百度百科上的这个人
但你是诗人向下的笔突然抬起的停顿
最好的那一行
这一天
你让地球上的人类在同一时刻
集体问候了一次宇宙
它的回复
已无人破译

2018.4

嘉陵江畔

雾起
云落
牵着一只小狗散步的女人
是欢喜的
狗的忠诚
似乎愈合了人的伤口里
永不结痂的哀怨

——如果事实并非如此
就是这首诗的愿望

江水平静
青山隐约
当她和小狗一起奔跑
腰肢柔软
双乳含烟
远近的黄昏
都慢了下来

2018.4

汨罗江畔·独醒亭

你的魂灵会来此坐一坐？
从屈子祠的铜像里起身

绕过天井和桂花树　后人凭吊的
诗文辞赋　仿佛生死可以重逢

独醒亭
只有亡灵一次次返回　只有风

愿从70公里外的山路上走来叫杜甫的人
写出杜甫　血就热了　平江县小田村

他是自己坟头的荒草　断碑　那只
前世是诗人　今生依旧一身冷汗的龟趺

一条汨罗江
两个老魂灵

有时　他们同时从汨罗江起身？
江水无声　人形的伤口迅速愈合

皓月当空与天降大雪　独醒亭
你选哪一个?

屈原执手:大庇天下寒士俱欢颜?
杜甫抱紧自己散架的老骨头　无语凝噎

必定有一场大雪　需要这两个老魂灵的脚印
一场低声交谈……

一只学舌的鹦鹉告慰春秋　盛唐　舞台上的追光:
与天地兮同寿,与日月兮齐光

——这样的想象鼓舞着我键盘上的双手
然而——

这注定是一首失败的分行　山河如梦
谁又能写好这三个字:独醒亭

也无论你将闪电捆成多少狼毫
也无论你将舞台搭在天空之上
2018.8

对　饮

从黄昏一直到凌晨

那是一支什么曲子

我们慢慢喝着

你豪迈时

我也痛快

用火柴点烟

风就吹得猛烈

也吹来黄葛树的花香

从黄昏到凌晨

都说了什么

我还哭了一会

还跳了舞

拍打空气

如手鼓

裙子旋出荷花

与此刻融为一体

又准备为下一刻脱出

鼓掌时

你一饮而尽

一支什么曲子

像我们做了　却没做好的一件事

天上星星一颗两颗千万颗

一只蜘蛛来了

我拱拱手：来了

你是谁

我应该知道

但我喝多了酒

有些迷糊……

那是一支什么曲子啊

像一个人经过另一个人的一生

并未带来爱情……

2018.10

溶 洞

无中生有的恍惚之美——

如果你正在读《站在人这边》
就会在潮湿的石壁上看见一张诗人的脸

那是一只飞出了时间的鹰　羽翼丰满
那是天天向下的钟乳

还是上帝的冷汗：冰川融化　生物链断裂
石壁的断层　似树木的年轮

所有的神话都摆脱了肉身的重量
一个奇幻的溶洞需要多少次水滴石穿的洗礼？

一个诗人意味着接受各种悲观主义的训练
包括为黑板上的朽木恍惚出美学的黑木耳

如果你指认了某个美好时代的象征
你会默念与之相配的名字　思想的灿烂星空

当然要为溶洞里稀少的蕨类植物恍惚出坚忍的意志

为消息树恍惚出一只喜鹊

为一匹瘦马　一架风车恍惚出堂吉诃德
已经很久没有舍不得把一本书读完的那种愉悦了

那是绝壁之上的虚空
某种爱

头发已灰白
心中静默的风啊　什么才是它的影子

2018.10

看熊猫

谁会在一群熊猫面前愁眉苦脸呢
哈哈　前掌蒙面的　眨一只眼
打着哈欠的　内八字　慢吞吞地走开了

抱团打滚的顺势相拥而眠
众多又似同一只

一首关于熊猫的诗不能没有黑眼圈

一直坐在树上
端端正正地望向我们
最小的一只　端端正正地想什么呢？

举着棒棒糖的小女孩
和她书包里的作文本在想：它想什么呢？

2018.11

玉苍山

在玉苍山
我有过一声惊呼：我的影子

大雾弥漫的重庆
我已经很久没见过自己的影子了
而在我成长的西北高原
这是多么平常的事

万物有其影
我有失而复得的喜悦

我是一个有影子的人
——在碗窑古村落的戏台上
我走着碎步
甩起水袖
用戏曲唱腔继续念白：

在西隐禅寺　它又回到了我的身体里

2018.11

爱

内心的荒坡
刚刚被谁翻过土

种一个吻会长出什么
种下一缕白发长出秋天的芦苇

种一颗头颅长出一窝兔子　蘑菇有毒
种下犹太女孩的请求长出刽子手叔叔

和深坑……但诗
不该有一张被咬牙切齿毁掉的脸

种一根粉笔吧　在每天的太阳上写下：
让天下的孩子都睡在妈妈怀里……当我们

为叙利亚战火中小女孩的那张画心碎
为所有的伤口……

种下你的缄默
长出秋空的雁阵

也播撒你的祝福　收获棉花和葡萄
葡萄酿酒　爱　将醉倒的影子搂在怀里

2018.11

读书日

那时候
一进书店就心慌
人生也不知如何
是好

那时候
书店不大
书封朴素
每一本书都好

现在平静
许多书不值一读
缠着烫金腰封仍不值一读

所谓的人生
也不过日出　日落

我的诗集一定要越出越薄
去掉硬壳序跋
白纸黑字就好
2018.11

落日仍在天上

孩子们追赶横行的小蟹
我们并未掏空所有的大海

小蟹每钻一次沙洞
海滩上就出现一朵沙菊花

我数着
数不尽

孩子们踩着浪花越跳越高　这么美
我们也不再谈论远方——

被塑料袋堵住喉咙的海龟
油污粘住翅膀无力起飞的海鸟
集体自杀的海豚

罪恶均摊
大海的苍茫也来自我们内心

落日仍在天上
它投射在海上的光　像一根燃烧的蜡烛：

……要忏悔

不要《忏悔录》

——我用舌头舔着大海

2018.11.19

卷五

（2019—2022）

2019 年清明

我亲吻着手中的电话:
我在浇花　你爸爸下棋去了
西北高原
八十岁的母亲声音清亮而喜悦
披肩柔软

我亲吻 1971 年的全家福
一个家族的半个世纪……我亲吻
墙上的挂钟:
父母健康
姐妹安好

亲吻使温暖更暖
使明亮更亮
我亲吻了内心的残雪　冰碴　使孩子和老人
脱去笨重棉衣的暖风

向着西北的高天厚土
深鞠一躬

邀请函

唯有自然不会让你失望
唯有自然

来吧　带着你血液里的大漠孤烟
和你身体里那个在沙漠上种下：树
的九个笔画
每天去浇水的小女孩

带上敦煌就要干枯的月牙泉
和玛曲草原把湖叫作水镜子的拉姆奶奶
她笑起来多么美：
　　活着心地洁白
　　死后骨头洁白

来吧　带着你永不疲倦的诗人之心
"试着叙述你看到的　体验到的　为之动情
和失去的……"

书房里　你的眼睛老花得越来越厉害了
一些词开始模糊
一些已经消失

你的写作变得艰难了

在书房里丢失的会在草丛中找到……来吧
自然比社会好看多了

2019.6

白帝城

李白闻赦的地方

——诗人的错误可以原谅

这臆想瞬间鼓舞了我对写作丧失的信心
对眼前危崖鸟道的爱
满山遍野的脐橙
仿佛一颗颗小太阳挂在树上
路边站立的
皆为君子

哪一声鸟鸣
荆棘般拽住了我的衣领

使我刚刚获得的力量
又被历史灌进脖子的冷风消解了

2019.6

夜观星象

夜观星象
直到把黎明融入其中

一个普遍失眠的时代
有人数羊
有人默诵《出师表》
有人反复拆解着夔字的笔画
有人在天花板上临摹：万重山

观星亭
古钟高悬
飞檐上端坐着几缕清风
几个古人
看落花
听无声

安眠药里
我梦见自己
解开发辫
策马扬鞭

为把一纸赦书传给李白
叫醒了莫高窟壁画上的飞天:快　快

2019.6

东湖需要一首诗吗

它需要有限对无限的感知
被我们玷污的词语获得清洗

清澈重新回到人的眼睛
想一想明天的生活

满天星光回到夜空
这古老的景象已经消失了

多么寂寞的现代
需要微风吹过水面　教会干枯的心

重新泛起爱的涟漪
似五线谱上的巴赫　柴可夫斯基

来过的天鹅
又来了

鱼群　鸥鸟　愿望中的丹顶鹤
需要我们带走明天的垃圾

2019.7.9

先　生
——张澜故居

有掌声回荡在山谷
那是时间之手

早安先生
你的布衫棉袍真好看

大地涌动着草香
露珠里的太阳清凉

我鞠躬　对一个奇迹：
你人生的每一步都是对的

包括在错误和灾难来临之前
让生命成为一尊铜像

现在我来到你身后　想看看
怎样背着手　会让一个人拥有

引领低矮事物上升的力量……先生
你头顶的祥云　故居的灰瓦

从民国开来的梅花
也好看

2019.7.27

木屋一夜

我想把这一切送出去——

门前溪水
窗前星星
篝火对夜晚的理解

——送给相信爱情的人

因这样一个夜晚
获得抵御孤独和虚无的力量
在某个疲惫的黄昏有了突然低头一笑的轻盈

送给篝火旁的这双鞋
曾经分离
又带着各自的泥泞和踉跄
再次相聚
互为左右
终为一双

或者　送给30年前的

你
和我

2019.8

旧衣服

洗净
补上缺失的纽扣
叠好
整齐地放在手提袋里

在离柿子树稍近的地方
让捡拾的人
像在秋天
捡起一个落地的果实
那么自然

2019.10

弹　奏

整个冬天
我重复这两小节

随光的变幻
微妙用力

这世上　有没有什么因我而改变？
因为我写的诗

几只麻雀
一地雪

余生在此
弹奏就不孤独

诗多么艰难
两小节和一生

不能这样分配
白键一节　黑键一节

诗的结束多么艰难

琴键上只需指尖抬起

愤怒　只需双手用力　再用力

2019.11.20

栽种玫瑰的人

一望无际的玫瑰
胳膊上密集的划痕　渗出血

墨镜才是他的眼睛
玫瑰的芬芳是黑色的——做梦吧：

用你们的脸蛋　财富　麦克风里的光荣
天空用它明亮的星星

古印度童话中　凡呈献玫瑰者
便有权恳请自己想要获得的一切

多么久远的事……我献出的吻
只是一个玩笑

仅此而已

继续做梦吧：你是我的全世界……
种玫瑰的人用玫瑰煮熟了他的玉米棒

和洗脚水……他接受了衰老

玫瑰让他老有所依　头疼医头　脚疼医脚

　　什么是爱情？

　　他是一个栽种玫瑰的人
　　是卡车将玫瑰运往世界时的滚滚红尘

　　2019.11.23

三　亚

远离大海
紫金花就落进了我的菜篮

飞机从屋顶飞过一次
天空就问候我一次

散步时我想
这么好的空气
我却不能替你呼吸

也不能储存
不能运送到远方

孤独就是
你又重新喜欢上了自己

每天减去一餐
一斤二两重的书
每天只消化一克

万物从太阳中吸取营养

生命从死亡中吸取　一个时代呢

良好的睡眠来自满天星光
和心怀善念

2020.1.1

写在母亲八十二岁

"这么好的光
不做针线就浪费了"
八十二岁的母亲依然执着于旗袍上
一颗盘扣的美感

讲台上站了四十年
一生致力于个人形象的尽善尽美
母亲 我写诗时
像你

明天是你的生日
北京迎来了瑞雪
天地高兴
麻雀就高兴

穿着二十年前手织的旗袍
母亲对镜子里的自己说:
没什么年迈和青春
关键是生命力

我八十二岁时要像你——母亲

2020.1.10

为此刻署名

不是我想要的——

一些词替换了自己

一些撑开了伞

某种力量消失了

那就为此刻　署上我的名字：

书房里的自然光

烟草味

用力碰过的酒杯

比一首诗更重要的

交谈

和窗外

草地上

去掉了尿不湿

从婴儿车上站起身来

哗哗尿尿的男孩

他父亲开怀的笑声

2020.1.12

这一张

又一个
十年

画我
为这一刻你飞过了恒河

短襦长裙
惊鸿鹄髻
你还活在晚唐
还爱着好诗人李煜
从不征求时代的意见

喝完咖啡
就说再见

和从前一样
你用我的画像
遮住自己的脸

又一代人老去……这一张

我的抬头纹

配合你鬓如霜

2020.1.15

祈愿锁

活着的人　有着怎样的心愿——

"愿我嫁给爱
和自由　而非一桩交易"

——此处山河多雾

欢欢　一只患抑郁症的小狗终于解脱了
可爱的童体字　刀刻的眼泪

——一个孩子对死亡的理解从一只狗开始

我是谁？
狂草适合问天

——山中不知道　下了山就知道了

"必须有人承担回忆的责任……"
这是一把锁　还是西西弗斯滚动的石头？

——雨水和锈　掩盖了刻刀断过的痕迹

小鸟为什么站在这里

只有这把锁插着它的钥匙

——美好时代就是对人民的幸福负责

祈愿锁像活着的人默默挽起了手臂

2020.1.22

六 一

它还小
叫声带着绒毛
啄我花盆里的紫苏叶
我翻书时　它颤动　不飞走

——一只鸟
你刚认识天空
生活　已被我简化为书和阳台上的花草

我们
有过目光相对的一瞬　风吹来草木之香
——我的目光
也带着些绒毛：六一快乐

2020.6.1

端　午

一个人
被以食物的方式纪念

将米和水变成粽子的过程
即是与山河一起默诵了一遍《天问》

穿长衫　佩香草　行吟《离骚》的人
在酒杯里纵身一跃

在汨罗江缓缓上岸
——白发如雪　死亡遗忘的　诗词都记得

2020.6

北斗星

北斗星　糖罐里的勺子
——贫穷激发孩子的想象力

一个稚气未脱的小女孩
萌生了变成一颗星的愿望

无法回到童年
但我可以半夜醒来去给梦中的骆驼添加草料

你一直在那儿
从未改变

还是我怀抱小兔
站在高原指给它看的样子

七个小矮人啊
我还是愿意开花的沙枣树是得救的白雪公主

愿意七只小鸭在水面排出了你的形状
其中的一只是我

2020.8

惦　念

终于有了三匹马的藏族姑娘
还牵着她的白驹
走在陡峭的驮道上？

藏语大地上
你不会将一只独自飞翔的鹰和孤独连在一起

日光飞溅的正午
雪山巍峨
树影斑驳
高大的白驹打着响鼻儿
有那么一会儿
马背上的汉人
竟有了一日看尽长安花的时空幻境

一会儿
就足够了

2020.8

去马尔康 途经汶川

在马路边
坐下

……剧烈晃动的
在泪水中又晃了一次

爱我们的地球 它还保管着灵魂

上苍赞同
落下细雨

提着篮子卖水果的妇女
站过来:都是自家院子里的

苹果 李子 葡萄 小枣
——她重新栽种的生活!

会在哪一刻 突然哀泣……

她不老
头发全白了

你篮子里的阳光多少钱一斤?
她笑　继续问

她继续笑
笑声里有一座果园的欢喜

2020.8.10

尘 世

没有幸福
只有带着伤口滚动的泪珠

2020.9

芦苇荡

云朵垂落
没有枪声的芦苇荡多么安宁

喇叭花遗忘了冲锋号
求偶飞行的翅膀代替了流血牺牲

一条小船上
站着几个诗人

他们无法分辨哪一根芦苇在躬身自省
他们知道哪些诗可以不写

流水宽阔
迎面的吹拂　甚好

有人试图解释：那片羽毛
因何突然脱离了正在飞翔的肉体

尖锐的疼痛
或自我厌倦

有人默诵自己的诗句　记得当时
望着芦苇的目光——多么年轻

像那只白琵鹭
拥有整个天空

2020.10

夜宿大王庄

我梦见自己跳下舞台
站进了白衣护士的队列

我缝合眼泪　鲜血　遗言
缝合天空的伤口
墓碑上的笔画

我缝合着自己的双手……

不是起床号
几只喜鹊在叫

高高的白杨树上
它们滴水的羽毛
还带着夜雨的声音

2020.10

你在敦煌

你在敦煌
震撼过我的金色荒凉
在你脸颊流淌

一条被沙砾打出窟窿的裙子　夜晚
你旋转
整个星空在你身上

在古阳关遗址
多坐一会
掏出我送你的牛皮酒袋
猛灌几口

扯开嗓子
吼一曲《阳关三叠》　热血生黑发
生海市蜃楼

一定有这样的时刻：
你抬头想念谁
云朵就飘出他的模样

敦煌风大
万念变轻
把自己当一粒沙
在大风中
慢慢靠近莫高窟

见了反弹琵琶的飞天
替我鞠一躬

2020.11

一盘棋

草木在入秋
小卒子过河了
还带去几片枯叶
和一个老人寂寞的下午时光

从黑发到白头
生命最终输给了时间　此刻
他需要一次这样的胜利：
左边的他
赢了右边的自己

似乎　生命因此多出了一个下午
甚至一个人生

巨大的　一动未动的　石头棋盘上
除了阳光和树影
还来过三只麻雀
一只松鼠
飘过天空的云朵

也飘过大地
2020.11.9

遗址·仓央嘉措修行之地

他是一个例外

右墙已经坍塌　左墙在
雪是薄的

时间永远平静
我的心思陡峭　汹涌　需要一个出口

我匍匐
嘴唇翕动
落日和群山随我一起俯下身来

云朵飘出的寺
在天空停留了很久　另一个时空

明天的一场大雪
白了布达拉宫的头　他是一个例外

2020.11.24

大　师

大师走在从图书馆回家的路上

有些空虚

刚刚

他分别用法语和英语

对笑眯眯的女学生表达了爱意

伸手时

图书馆的阶梯突然直立起来

踉跄　悬空　呼救　总之斯文扫地

柏拉图时代已经过去

量子理论说

当一个粒子颤动

会波及另一个粒子

大师神色凝重

几声干咳

吐出两个汉字

分别塞进了自己的耳朵

——膨胀　膨胀　越塞越紧

落叶和风扑进他怀里

更加空虚

2020.12.9

云

这一天的云
似一张巨大的网

愿它漏掉小鱼
大鱼最终将它咬破
愿浩荡的鱼群顷刻长出翅膀

愿它打捞出　沉沦者的精神日出

2020.12.10

好大的风

旧长城里飞出几粒沙石——
曾是文官还是武将　谁的咳嗽

或梦话？穿汉服的姑娘
提着她的鹦鹉　边走边唱

这对笼中伉俪　色似桃花
语似人：从哪里来？

进过教堂
问过佛祖

远去的大海带着它的波涛回到岸上
我的目光慈祥　胸怀宽广

却已写不出年轻时陡峭的诗行

2020.12.12

晚晴室

弘一在此圆寂

悲欣交集时　悲多一点
还是欣的墨浓一点：我这次走后

今生不能再来了……生锈的
铁窗外　是一个新世界

每个向里看去的人
都看见里面的一个自己

无边与有限
哪个启示肉体　哪个抚慰灵魂

光影迷离　秋风将落叶堆在一起

我揪下一根卷曲的白发
枯井　老树　踢皮球的小男孩

哪一个是你——昔日舞台上
茶花女的扮演者　一念放下

万般从容……夕阳之时
去无尘台　你的舍利子在那里

人生的许多时间并不属于自己
弘一　我这一天　属于你

2020.12.16

窗外的海

你沉默
独自一人
望着它

沙滩和潮水　还记得你曾写下的笔画
——恍若隔世
不是一个人

一代人

唯有太阳
理解它照耀的山河

你内心的波澜　被反复摔碎的浪花
理解你的沉默

无论你写过多少大海的诗篇
它都会给你另一首

你跑起来了
红裙子的一角　拽着大海的潮汐

露出的腰肢
多么美

——想起即是看见

2020.12.31

此 岸

过了如意桥

就是曾消失的半镇寺院

一些词过去了

不再回来

我不过去

也没有完成一首诗的意愿

完成意味着了结

对有神论之事

我不想了结

清风杨柳

如意桥连着此岸烟火

都活着

就不存在真相

只有选择

2021.1.11

2020年　几张照片

没有合适的词
神的词典里也没有

一饮而尽
咽下2020年全部的难过与悲伤

这样的时刻
鸟儿收拢翅膀　身体隐向草丛

被塑成铜像的人
不再遵循人间凋敝的规律

我收藏的一个黄昏
呼啸山庄缺少一枚落日

你的人生缺少一次相逢……你们
是姐妹　知己　曾相濡以沫

那是我准备重读的书和老花镜
每一种孤独都在寻找它的源头

哲学在星星眼里是什么东西
枣树还是溪流　或窑洞宾馆

我认真注视过的一张脸
我至今用他的逻辑学治疗失眠多梦

渐渐有了鼾声
婴儿的睡姿

那是"酒"字的全部写法
我们从中获得了真言的力量？

捉雪花的孩子在笑　跌倒了
爬起来继续笑——世界依然美好

饮酒啊饮酒
以孔雀饮水的姿态饮酒

明月在杯中
李白在天上

2021.1.13

大疫之后

大疫之后
我认真路过每一条街
说每一句话

看时间的时候
好像什么东西存了进去

永无返还——活着　就是和每一分钟告别

地球自转加快
一天越来越短

我明白这句话时
已经两鬓斑白

——生活的最终目标是生活本身*

＊ 赫尔岑《往事与随想》

2021.1.17

马王堆三号汉墓·博具

飞鸟
云气
还在

它的玩法已经随着一个朝代的结束
失传了

小木铲
象牙筹码
球形十八面骰子
有西汉的人间烟火

——轻徭薄赋
与民休息

棋子似西汉的星空
触不可及

争胜负
赌输赢

我问：
左边的时间
是否赢了右边的自己

2021.4.20

黄　昏

落日在左边
小羊在右边

——夕光照进鸟巢里

山风入林
暮色赶路
送牛粪的人背来了马粪的黄昏

——忽有故人心上过

2021.5

许多时候

很多时候
人并不知道自己在想什么
一首诗知道

渴望变成种子的麦粒知道
贴在哭墙上的额头知道

这把1943年的小提琴知道
你注视它
就是拉响了它

它是你年轻时身体的曲线
风烛残年时的颤抖　咳嗽

时间是琴键上的双手
所有笛孔上的嘴唇

时间是这样一把琴弓
——只有树和鸟是本来的样子

2021.5

记

我不修补
完美真的存在？
也不问：为什么
把自己变成一次因为……所以
只有遗忘
才不会使它因回忆受到磨损

2021.5.26

在黄果树瀑布想起伊蕾

纪念一个诗人最好的方式
读她的诗——

"白岩石一样
砸
下
来"

生前只见过一面
松软的沙发前　是壁炉和篝火
你的长裙拖着繁花　带来

安静　你递来的酒杯里晃动着一个大海
可能的日出——"我愿意"
而人间教堂的门
并未开启

与瀑布合影
突来的小鸟
填补了你的位置
年轻诗人模仿你常用照片的眼神

我也曾模仿

"那尊白蜡的雕像"
是哪一尊？

无人的走廊
独身女人的卧室
——我继续读　而黄果树轰鸣

瀑布继续：超越一个优秀诗人
意味着超越一个时代

2021.6

木雕颂

只有农耕时代
担着稻谷的人才会有的
连胡须一起颤动的
喜悦

无论他是谁　你都认领为自己的祖先

肚子还是瘪的
被压弯
不能再多弯一寸的身体
似在恳请你和他一起期盼
炊烟　从屋顶升起

木雕来自民间
一直在我书桌上
理由简单：
训练自己近乎丧失的解读喜悦的能力

宽大的斗笠下
老人一条腿跪地——一个敬献者
他把稻谷献给谁

喜悦得

连胡须一起颤动

——土地

2021.6

微　醺

香水加酒精味的我
——久违了

一只狗像一个人
看着我

穿小西装
系领带
它的伙伴蓬蓬裙
蝴蝶结

它们享受着小径蜿蜒至此的幽静
草丛晃动的月光

看家护院是它们的祖先
它们是宠物

我也像看一个人
看着它
它们

还有影子
我也并非孤单一人

2021.7

郊　外

没有人
就是没有我想看见的人

蝴蝶　蜜蜂　蜻蜓都不认识他

松鼠放弃了一次跳跃
熟透的果实　内核是坚硬的

雪地上有三重阴影：我的　树的　寂静的

失去听力的喜鹊
嘴巴闭得更紧了

——没有召唤　必须自我唤醒

2021.8

默　念

我默念着一些好词

身体动了一下

它在表达感知美好事物的能力

当我把一些词还给词典

一些锁进抽屉

这些词把我带进了幻想……和

重温的喜悦……

2021.8

橘子洲头

一代人有一代人的百感交集
历史有它自己的问天台　对书俑

2021.9

海 边

无论她梦见了什么　醒来
都去喂一只猫

她知道——穿法式睡衣的女人正从对面望着她

喂猫　在有泥土的地方栽种：小纸条
浇水
盼望
自言自语
她躬身
恰好吹来一阵风　那是芭蕾舞者的腰肢

她旋转　多么轻盈——似乎生活并未掏空她
她的女儿和丈夫
正从海上归来
并未死于车祸

大海的万顷波涛止于足尖——她用空无一人的谢幕
暴雨淋湿的谢幕
用精疲力竭
折磨自己……她不再是

妻子
母亲

她只是一把打开 B28 的钥匙
滴着水

2021.10

漫山岛

黄昏时上岛
更寂静了

小桥　流水　柴门　棉花地
押的都是平仄韵

什么都是远的
只有照在身上的阳光是近的

失去听力的老人
更加沉默了
除了慈祥
从未奢望过另外的余生

因一朵蒲公英和两只小山羊
而跳跃
旋转
荷叶裙一圈一圈的
小女孩的快乐一直荡漾到天边

旧木窗的灯光　似萤火虫

路过的人
和神
要问候它

2021.11

棉花籽

一包棉花籽
会梦见什么

我童年的花棉袄
跪在床上让它一寸一寸变厚的姥姥
她低挽的发辫
对襟衣服上的盘扣　那么美

——"弹棉花　弹棉花　半斤弹成八两八"

大西北
当我想起你
漫山岛的烟雨
就带着江南的葱郁奔向你

——驼铃和昆曲相互问候　芨芨草和覆盆子相识

我梦见自己裹在襁褓里
父母年轻
理想遍地
从东向西

坚定的意志像轰隆隆的铁轨发烫

——西北有大荒凉　因而有海市蜃楼

2021.11

今日一别

回忆：

哪一个瞬间
预示着眼前

——今日一别　红尘内外

什么是圆满　你的寺院　禅房　素食
我选择的词语：一首诗的意义而非正确

江雾茫茫

靠翅膀起飞的
正在用脚站稳　地球是圆的

没有真相
只有诠释

……仍是两个软弱之人
肉身携带渴望和恐惧　数十年

乃至一生：
凡我们指认的　为之欢欣的　看着看着就散了

去了哪里
人间也不知道

2021.11

欢　喜

空气更好了
夜里落了雨
清扫落叶
捡拾三角梅和木棉花的花瓣
漂在水池里
释迦果越来越重了
芳香而可食
造物主爱你
昨天来过的蜜蜂又来了
它嗡嗡着像是对一种享受的解释
花园里
我们各行其是
我也哼唱
脸上泥点的欢喜

2022.3

这一句与那一句

当我写得艰难
不知道下一句在哪儿
都会打开钢琴
弹一阵

有人用音乐移动群山
有人在词语里囚禁一生

我眼前的落日一经装裱
就可能被理解为日出　年轻时

我热衷歧义　永不抵达
现在我看重一首诗表达瞬间的能力

不会在下一刻有效——是的

我删除了那一句
这一年
并未得到另一句

2022.3

落笔洞

巨笔悬空

一万年——笔尖滴水不断

宇宙有大秘密
知天命之年　我有破译这一滴液体语言的愿望

蝉鸣说：神在天上著天经仙典　犹豫处　笔落人间
哦　神也犹豫

心中一暖

滴入百会穴的一滴　冰凉　如针刺
它想试试——

唯肉体深不可测

2022.4

世界诗歌日

一首好诗有诸多因素
有时　仅源于诗人穿了一件宽松的外套
和一块香樟木片

2022.4.18

为一个诗人写一首诗

今天　要在门上挂一束艾草和菖蒲
要吃一个粽子

要为一个诗人
写一首诗
每一行都涌向汨罗江

什么是最高奖励——对于一个诗人
岁月更替
逝者如斯
而诗
还在

被传诵
被吟唱
舞台搭在天空之上
却涌动着大地的草木之香——那百感交集的当下
与日月同在
共生

如果此刻

你和屈原的目光相对

他会再次告诉你：什么是诗人

2022.6.13

桃花源

没有人会遇见陶渊明

我遇见了另一个自己
爱布衣　敬草木　抱孤念　不同流俗

——一会儿　也好

观花即问神
云朵也是花
流水远去
它们不去

在喊水泉
我喊：五柳先生
果然有一股清泉自巨石裂缝涌出

三维空间多么有限

我喊一声

就有枷锁从身体剥落一次

脱去枷锁的身体——就是我的桃花源

2022.7.6

我选择的
词语：
一首诗的
意义而非
正确

WO XUANZE DE
CIYU

我选择的词语

时代出版传媒股份有限公司
安徽文艺出版社

娜夜 著

娜夜　南京大学中文系毕业。曾长期从事新闻媒体工作，现为专业作家。著有诗集《起风了》《个人简历》《娜夜的诗》等。获第三届鲁迅文学奖、人民文学奖、十月文学奖、扬子江诗歌奖、草堂诗歌奖、屈原诗歌奖，入选中宣部全国宣传文化系统"文化名家"暨"四个一批"人才。

WO XUANZE DE
CIYU

我选择的词语

娜夜 著

时代出版传媒股份有限公司
安徽文艺出版社

图书在版编目（ＣＩＰ）数据

娜夜诗集.2,我选择的词语/娜夜著.—合肥：安徽文艺出版社,2022.10
ISBN 978-7-5396-7381-3

Ⅰ．①娜… Ⅱ．①娜… Ⅲ．①诗集－中国－当代 Ⅳ．①I227

中国版本图书馆 CIP 数据核字(2021)第 279406 号

出 版 人：姚 巍	统 筹：张妍妍
责任编辑：宋晓津　姚爱云	装帧设计：张诚鑫

出版发行：安徽文艺出版社　www.awpub.com
地　　址：合肥市翡翠路 1118 号　　邮政编码：230071
营 销 部：(0551)63533889
印　　制：安徽新华印刷股份有限公司　(0551)65859551

开本：880×1230　1/32　印张：9.375　字数：150 千字
版次：2022 年 10 月第 1 版
印次：2022 年 10 月第 1 次印刷
定价：280.00 元(精装，全三册)

(如发现印装质量问题，影响阅读，请与出版社联系调换)

版权所有，侵权必究

目 录
CONTENTS

001 / 生活

002 / 起风了

003 / 半个月亮

004 / 没有比书房更好的去处

005 / 端午

006 / 合影

008 / 遗址·仓央嘉措修行之地

009 / 落笔洞

010 / 真相

011 / 读卡夫卡

013 / 在这苍茫的人世上

014 / 弹奏

016 / 幸福

017 / 母亲

018 / 星期天

019 / 移居重庆

020 / 别

021 / 自由

022 / 睡前书

023 / 安居古镇

025 / 幸福不过如此

026 / 为一个诗人写一首诗

028 / 圣彼得大教堂

030 / 现在

031 / 青海　青海

032 / 云南的黄昏

033 / 夜归

034 / 白银时代

035 / 六一

036 / 西夏王陵

037 / 大醉

038 / 标准

039 / 先生

041 / 郊外

042 / 人民广场

043 / 手写体

044 / 点赞

045 / 交谈

046 / 纸人

048 / 省略

049 / 十九楼

050 / 你和我

051 / 摇椅里

052 / 欢喜

053 / 在梦里

054 / 回答

055 / 三亚

057 / 母亲的阅读

058 / 大雾弥漫

060 / 橘子洲头

061 / 某地

062 / 恐惧

063 / 大疫之后

064 / 家书

066 / 梦

067 / 漫山岛

069 / 注视

070 / 说谎者

071 / 云

072 / 福利院

073 / 如果

074 / 棉花籽

076 / 移居长安

077 / 栽种玫瑰的人

079 / 我知道

080 / 芦苇荡

082 / 忏悔

083 / 欢呼

084 / 为了爱的缘故

085 / 木雕颂

087 / 微醺

089 / 向西

090 / 窗外的海

092 / 我想起

093 / 封面上的人

094 / 小女孩

096 / 东湖需要一首诗吗

097 / 爱　直到受伤

098 / 聊斋的气味

100 / 作文

101 / 禅修

102 / 奇迹

103 / 寺

104 / 一盘棋

105 / 白帝城

106 / 所有的

107 / 跳舞吧

108 / 精神病院

109 / 风中的胡杨树

110 / 海边

112 / 震荡

113 / 邀请函

115 / 新年的第一首诗

117 / 亲爱的补丁

118 / 切开

120 / 表达

121 / 暮年

122 / 青春

123 / 活着

125 / 诗人之心

126 / 我需要这场雪

127 / 英雄·美

128 / 从酒吧出来

129 / 下午

130 / 为此刻署名

131 / 阳光照旧了世界

133 / 新年

134 / 大于诗的事物

135 / 重复

136 / 哈尔滨　滑雪

137 / 孤独的丝绸

139 / 妇女节

140 / 安检

141 / 停顿

142 / 草原

143 / 爱　我的家

145 / 眺望

146 / 写作

148 / 2019 年　清明

149 / 赫塔·穆勒

150 / 看海

151 / 诗人

153 / 伯格曼墓地

154 / 神在我们喜欢的事物里

155 / 乡村

156 / 今日一别

158 / 首尔·早晨

159 / 汨罗江畔·独醒亭

161 / 默念

162 / 沿河散步

164 / 嘉陵江畔

165 / 这里……

168 / 哪一只手

169 / 霍金

170 / 一团白

171 / 独白

172 / 2020年 几张照片

174 / 新疆

175 / 祈愿锁

177 / 动摇

178 / 从报社出来

180 / 鞠躬

181 / 落日仍在天上

183 / 一本可能的书

184 / 第六病区

185 / 再写闪电

186 / 覆盖

187 / 玉苍山

188 / 花朵的悲伤减轻了果实的重量

189 / 西藏：罗布林卡

190 / 2008年11月19日

191 / 阳台上的摇椅

193 / 从西藏回来的朋友

194 / 墓园的雪

195 / 浮动

196 / 我梦见了金斯伯格

197 / 干了什么

198 / 在欲望对肉体的敬意里

200 / 浅水洼

202 / 斯古拉

204 / 小教堂

205 / 青海

206 / 然而　可是

208 / 判决

209 / 儿童节

211 / 哀悼

212 / 在黄果树瀑布想起伊蕾

214 / 冬酒

215 / 去马尔康　途经汶川

217 / 晚年

218 / 铜镜

219 / 龙门石窟

221 / 日记

222 / 拉卜楞寺

224 / 甘南草原

225 / 在时间的左边

226 / 东郊巷

227 / 我挨着你

228 / 死亡也不能使痛苦飞离肉体

229 / 认亲

231 / 涌泉寺祈求

232 / 手语

233 / 抑郁

234 / 阿木去乎的秋天

235 / 小和尚

236 / 老人

237 / 马王堆三号汉墓·博具

239 / 阿姆斯特丹之夜

240 / 落实

241 / 聊天室

243 / 儿歌

244 / 2010年除夕

245 / 丝绸之路上的春天

247 / 西北风就酒

249 / 村庄

250 / 诗歌问候哲学

252 / 谎言

253 / 孤儿院

254 / 时间的叙事

256 / 当有人说起我的名字

257 / 北宋官瓷

258 / 确认

260 / 世界诗歌日

261 / 对饮

263 / 祈祷

265 / 唱吧……

267 / 你在敦煌

269 / 秋天

270 / 博鳌

272 / 两地书

273 / 李白像前

274 / 晚晴室

276 / 旧衣服

277 / 飞雪下的教堂

278 / 酒吧之歌

279 / 夜晚的请柬

280 / 喜悦

282 / 此岸

283 / 想兰州

285 / 一首诗

286 / 望天

288 / 桃花源

289 / 溶洞

生　活

我珍爱过你
像小时候珍爱一颗黑糖球
舔一口
马上用糖纸包上
再舔一口
舔得越来越慢
包得越来越快
现在　只剩下我和糖纸了
我必须忍住：忧伤

起风了

起风了　我爱你　芦苇
野茫茫的一片
顺着风

在这遥远的地方　不需要
思想
只需要芦苇
顺着风

野茫茫的一片
像我们的爱　没有内容

半个月亮

爬上来　从一支古老情歌的
低声部
一只倾听的
耳朵

——半个月亮　从现实的麦草垛　日子的低洼处
从收秋人弯向大地的脊梁
内心的篝火堆
爬　上来——

被摘下的秋天它的果实依然挂在枝头

剩下的半个夜晚——
我的右脸被麦芒划伤　等一下
让我把我的左脸
朝向你

没有比书房更好的去处

没有比书房更好的去处

猫咪享受着午睡
我享受着阅读带来的停顿

和书房里渐渐老去的人生

有时候　我也会读一本自己的书
都留在了纸上……

一些光留在了它的阴影里
另一些在它照亮的事物里

纸和笔
陡峭的内心与黎明前的霜……回答的
勇气
——只有这些时刻才是有价值的

我最好的诗篇都来自冬天的北方
最爱的人来自想象

端　午

一个人
被以食物的方式纪念

将米和水变成粽子的过程
即是与山河一起默诵了一遍《天问》

穿长衫　佩香草　行吟《离骚》的人
在酒杯里纵身一跃

在汨罗江缓缓上岸
——白发如雪　死亡遗忘的　诗词都记得

合　影

不是你！是你身体里消失的少年在搂着我
是他白衬衫下那颗骄傲而纯洁的心
写在日记里的爱情
掉在图书馆阶梯上的书

在搂着我！是波罗的海弥漫的蔚蓝和波涛
被雨淋湿的落日　无顶教堂
隐秘的钟声

和祈祷……是我日渐衰竭的想象力所能企及的
美好事物的神圣之光

当我叹息　甚至是你身体里
拒绝来到这个世界的婴儿
他的哭声
——对生和死的双重蔑视
在搂着我

——这里　这叫作人世间的地方
孤独的人类
相互买卖

彼此忏悔

肉体的亲密并未使他们的精神相爱
这就是你写诗的理由？一切艺术的

源头……仿佛时间恢复了它的记忆
我看见我闭上的眼睛里
有一滴大海
在流淌

是它的波澜在搂着我！不是你
我拒绝的是这个时代
不是你和我

"无论我们谁先离开这个世界
对方都要写一首悼亡诗"

听我说：我来到这个世界就是为了向自己道歉的

遗址·仓央嘉措修行之地

他是一个例外

右墙已经坍塌　左墙在
雪是薄的

时间永远平静
我的心思陡峭　汹涌　需要一个出口

我匍匐
嘴唇翕动
落日和群山随我一起俯下身来

云朵飘出的寺
在天空停留了很久　另一个时空

明天的一场大雪
白了布达拉宫的头　他是一个例外

落笔洞

巨笔悬空

一万年——笔尖滴水不断

宇宙有大秘密
知天命之年　我有破译这一滴液体语言的愿望

蝉鸣说：神在天上著天经仙典　犹豫处　笔落人间
哦　神也犹豫

心中一暖

滴入百会穴的一滴　冰凉　如针刺
它想试试——

唯肉体深不可测

真　相

真相并没有选择诗歌——形而上的空行
它拒绝了一个时代的诗人

真相同样没有选择小说——有过片刻的
犹豫和迟疑？

真相拒绝了报纸——也被报纸拒绝
如此坚定地

真相并不会因此消失
它在那儿
还是真相

并用它寂静的耳朵
倾听我们编织的童话

读卡夫卡

扉页上　他惊恐的黑眼睛越陷越深
里面有一座精神监狱

一个国家的抑郁史
读书人只能读书

一只甲虫　得到了时间的邀请——
在卡夫卡与恋人的合影上

保持着旁观者的寂静　我叫它：朵拉
它就是卡夫卡的棺木放入墓穴时

拼命往里跳的女人　你想起
一个人的爱　纪念和赞美

比遗忘和诅咒更好　我叫它：因果
它就是石器时代的萤火虫

对人类万家灯火的想象　我叫它：汉字
它就是一首诗的可能和破绽

它给过我们勇气？我叫它：芸芸众生
人性的　和尚未变成人性的……

偶尔的厌世是一种救赎　我叫它：今天
它就是2017年剩下的最后一个黄昏

在这苍茫的人世上

寒冷点燃什么
什么就是篝火

脆弱抓住什么
什么就破碎

女人宽恕什么
什么就是孩子

孩子的错误可以原谅
孩子　可以再错

我爱什么——在这苍茫的人世啊
什么就是我的宝贝

弹　奏

整个冬天
我重复这两小节

随光的变幻
微妙用力

这世上　有没有什么因我而改变？
因为我写的诗

几只麻雀
一地雪

余生在此
弹奏就不孤独

诗多么艰难
两小节和一生

不能这样分配
白键一节　黑键一节

诗的结束多么艰难
琴键上只需指尖抬起

愤怒　只需双手用力　再用力

幸　福

大雪落着　土地幸福
相爱的人走着
道路幸福

一个老人　用谷粒和网
得到了一只鸟
小鸟也幸福

光秃秃的树　光秃秃的
树叶飞成了蝴蝶
花朵变成了果实
光秃秃地
幸福

一个孩子　我看不见他
——还在母亲的身体里
母亲的笑
多幸福

——吹过雪花的风啊
你要把天下的孩子都吹得漂亮些

母 亲

黄昏。雨点变小
我和母亲在小摊小贩的叫卖声中
相遇
还能源于什么——
母亲将手中最鲜嫩的青菜
放进我的菜篮

母亲!

雨水中最亲密的两滴
在各自飘回自己的生活之前
在白发更白的暮色里
母亲站下来
目送我

像大路目送着她的小路

母亲——

星期天
——致诗人GM

你写诗

仿佛住我隔壁

天地都在梦中

黎明在路上

我听见你选择词语的声音

或掸去蒙尘

语言你越尊重它　它越有能力

抵达　或者：一首诗的歧义会使它多次诞生

嘴唇对准麦克风时你是国家机器的一个微小零件

可以忽略不计

但第七日你是诗人：

身上有一个证人

移居重庆

越来越远……

好吧重庆
让我干燥的皮肤爱上你的潮湿
我习惯了荒凉与风沙的眼睛习惯你的　青山绿水
法国梧桐
银杏树
你突然的电闪雷鸣
滴水的喧嚣
与起伏的平静
历史在这里高一脚低一脚的命运——它和我们人类
都没有明天的经验
和你大雾弥漫
天地混沌时
我抱紧双肩茫然四顾的自言自语：越来越远啊……

别

辽阔的黄昏　脸上的风　突然停止的愿望

——风吹着有也吹着无
——风吹着大道也吹着歧途

风　吹着断肠人　两匹后会有期的马

——一路平安吧

自　由

为自由成为自由落体的
当然可以是一项帽子

它代替了一个头颅
怎样的思想？

像海水舔着岸
理想主义者的舌尖舔着泪水里的盐

"他再次站在了
高大坚实的墙壁和与之
相撞的鸡蛋之间……"

——你对我说　就像闪电对天空说
档案对档案馆说

牛对牛皮纸说

睡前书

我舍不得睡去
我舍不得这音乐　这摇椅　这荡漾的天光
佛教的蓝
我舍不得一个理想主义者
为之倾身的：虚无
这一阵一阵的微风　并不切实的
吹拂　仿佛杭州
仿佛正午的阿姆斯特丹　这一阵一阵的
恍惚
空
事实上
或者假设的：手——

第二个扣子解成需要　过来人
都懂
不懂的　解不开

安居古镇

穿长衫的说书人
说着光绪年间的风

说到戊戌变法时声音低了下去
抬起头他问：今昔是何年？

一滴冷汗
几只无所谓江山只想多活一日的蝉鸣

几个糖人儿
青石板上布鞋永远跟在皮鞋后面的回声远了

旧木窗　他望着生活的脸多么委屈
黝黑的意志像发青的眼窝塌陷

强硬的生活又善待过谁呢
它拆开我们　并不负责装上

诗可以停在这里　也可以继续
解读四千年前安居的本意：

几棵野菜　一篓小鱼
哗啦啦　滚铁环的孩子把落日推到了天边

阁楼或客栈　或者茶肆　笑盈盈的娘子身子一斜
月亮就从大安溪打捞起自己

挂上波仑寺的飞檐

幸福不过如此

你什么都知道
我什么都不说

在你的左边
风踩着又一年的落叶
有一种脚步　与别的
不同

我喜欢这一切
就像喜欢你突然转过身来
为我抚好风中的一绺乱发

——幸福不过如此

为一个诗人写一首诗

今天　要在门上挂一束艾草和菖蒲
要吃一个粽子

要为一个诗人
写一首诗
每一行都涌向汨罗江

什么是最高奖励——对于一个诗人
岁月更替
逝者如斯
而诗
还在

被传诵
被吟唱
舞台搭在天空之上
却涌动着大地的草木之香——那百感交集的当下
与日月同在
共生

如果此刻
你和屈原的目光相对
他会再次告诉你：什么是诗人

圣彼得大教堂

宗教是古老的
教堂应该又老又旧
我这么想着
在时差和颈椎增生中晕眩
不能自持

感谢上帝将我一把扶住
辉煌的穹顶下
我及时给了圣彼得大教堂一个笑
给永恒的气味
天花板上的中世纪

给圣彼得手上那两把通向天堂的金钥匙
他右边的格林威治时间

有人正在为国家哭泣
有人为一只生病的金鱼

十字架上的耶稣　他受难
他多么美
旋涡般的眼睛深陷

世人向外流出的泪
他向内流淌

打扫祭坛的老人佝偻着
她手里的小铁铲钟摆般平静　准确
不会惊扰谁的忏悔
谁最卑微的祈祷

梵蒂冈的黄昏
月亮从忏悔席升上天际

现　在

我留恋现在
暮色中苍茫的味道
书桌上的白纸
笔
表达的又一次
停顿

危险的诗行
——我渴望某种生活时陡峭的　内心

青海　青海

我们走了
天还在那儿蓝着

鹰　还在那儿飞着

油菜花还在那儿开着——
藏语大地上摇曳的黄金
佛光里的蜜

记忆还在那儿躺着——
明月几时有
你和我　缺氧　睡袋挨着睡袋

你递来一支沙龙：历史不能假设
我递去一支雪茄：时间不会重来

百年之后
人生的意义还在那儿躺着——
如果人生
有什么意义的话

云南的黄昏

云南的黄昏

我们并没谈起诗歌

夜晚也没交换所谓的苦难

两个女人

都不是母亲

我们谈论星空和康德

特蕾莎修女和心脏内科

谈论无神论者迷信的晚年

一些事物的美在于它的阴影

另一个角度：没有孩子使我们得以完整

夜　归

你带来政治和一身冷汗

嘴上颤抖的香烟　你带来漆黑
空荡的大街

鸽子的梦话：有时候　瞬间的细节就是事情的全部

被雨淋湿的风
几根潮湿的火柴　你带来人类对爱的一致渴望

你带来你的肉体……

多么疲惫
在卧室的床上

白银时代

我读着他们的诗句　他们做诗人的
那个时代

逮捕　处决　集中营

雪花兄弟的白袍
钟的秘密心脏
俄罗斯　有着葬礼上的哀伤

死对生的绝望……

黑暗　又意味着灿烂的星空：
那些秘密
而伟大的名字

意味着一个时代：小于诗

六 一

它还小

叫声带着绒毛

啄我花盆里的紫苏叶

我翻书时　它颤动　不飞走

——一只鸟

你刚认识天空

生活　已被我简化为书和阳台上的花草

我们

有过目光相对的一瞬　风吹来草木之香

——我的目光

也带着些绒毛：六一快乐

西夏王陵

没有什么比黄昏时看着一座坟墓更苍茫的了
时间带来了果实却埋葬了花朵

西夏远了　贺兰山还在
就在眼前
当一个帝王取代了另一个帝王
江山发生了变化?

那是墓碑　也是石头
那是落叶　也是秋风
那是一个王朝　也是一捧黄土

不像箫　像埙——
守灵人的声音喑哑低缓：今年不种松柏了
种芍药
和牡丹

大　醉

荔枝树下
大醉
你自诩贵妃
去了一趟唐朝
那些荔枝树偷偷去了马嵬坡
一夜悲情
果实落尽
重又把自己种进泥土

标　准

我手里只有一票

眼前却晃着两个美人

最后一轮了

评委席上

我的耐心和审美疲劳都到了极限

我等她们

换上泳装

或薄纱

再次晃到我眼前

果然

更充分的裸露

使她们的美有了区别

我的一票果断而坚定

不是她的三围比例

是她的身体摆动众人目光时

一种追求毁灭的　气质

先　生
　　——张澜故居

有掌声回荡在山谷
那是时间之手

早安先生
你的布衫棉袍真好看

大地涌动着草香
露珠里的太阳清凉

我鞠躬　对一个奇迹：
你人生的每一步都是对的

包括在错误和灾难来临之前
让生命成为一尊铜像

现在我来到你身后　想看看
怎样背着手　会让一个人拥有

引领低矮事物上升的力量……先生
你头顶的祥云　故居的灰瓦

从民国开来的梅花

也好看

郊　外

没有人
就是没有我想看见的人

蝴蝶　蜜蜂　蜻蜓都不认识他

松鼠放弃了一次跳跃
熟透的果实　内核是坚硬的

雪地上有三重阴影：我的　树的　寂静的

失去听力的喜鹊
嘴巴闭得更紧了

——没有召唤　必须自我唤醒

人民广场

我喜欢草地上那些被奔跑脱掉的小凉鞋
直接踩着春天的小脚丫　不远处
含笑的年轻母亲
饱满多汁
比云朵更柔软
比短暂的爱情更心满意足
她们又笑了
哦上帝　我喜欢人类在灿烂的日光下
秘密而快乐地繁衍生息……

——母亲和孩子　多像人民广场

手写体

翻看旧信
我对每个手写体的你好
都答应了一声
对每个手写体的再见

仿佛真的可以再见——
废弃的铁道边
图书馆的阶梯上
歌声里的山楂树下

在肉体　对爱的
记忆里

还有谁　会在寂静的灯下
用纸和笔
为爱
写一封情书
写第二封情书……

——"你的这笔字就足以让我倾倒"
你还能对谁这么说?

点　赞

我为灵魂的存在和量子纠缠点赞
为暗物质和瓦楞上的无名草
为我书房里两只毛茸茸的鸟
在一幅画的山水中获得了永生
为空荡的监狱
成为被大地遗忘的石头
风沙变成芝麻
为我们这一代人
所经历的……
银杏叶飞舞着来世
成为金色蝴蝶的愿望
为重庆的太阳
但我有时又站在大雾一边
为这样的上帝：
要善待儿童和诗人
因为他们是我的使者……
我为世界各博物馆的敦煌文物点赞
——在　就是好

交　谈

你不会只觉得它是一次简单的呼吸
你同时会觉得它是一只手
抽出你肉体里的　忧伤
给你看
然后　放回去
还是你的

你甚至觉得它是一个梦
让你在远离了它的现场
侧身
想哭

可我怎么能遏制它迅速成为往事啊

纸　人

我用纸叠出我们
一个老了　另一个
也老了
什么都做不成了
当年　我们消耗了多少隐秘的激情

我用热气哈出一个庭院
用汪汪唤出一条小狗
用葵花唤出青豆
用一枚茶叶
唤出一片茶园
我用：喂　唤出你
比门前的喜鹊更心满意足
——在那遥远的地方

什么都做不成了
我们抽烟　喝茶　散步时亲吻——
额头上的皱纹
皱纹里的精神

当上帝认出了我们

他就把纸人还原成纸片

这样的叙述并不令人心碎
——我们商量过的：我会第二次发育　丰腴　遇见你

省　略

大地省略了一句问候　仿佛童话
省略了雪

在圣索菲亚大教堂
谁在祈祷爱情　却省略了永远
祈求真相　却省略了那背叛的金色号角

"我想在脸上涂上厚厚的泥巴
不让人看出我的悲伤……"

上帝的额角掠过一阵在场的凄凉：唉　你们
人类
是啊……我们人类
墨镜里　我闭上了眼睛

你　合上了嘴

十二月的哈尔滨　白茫茫的
并没有因为一场沸腾的朗诵　呈现出
一道叫奇迹的光
和它神秘的
预言般的
色彩

十九楼

一根丝瓜藤从邻居的阳台向她午后的空虚伸来
它已经攀过铁条间的隔离带
抓紧了可靠的墙壁
21世纪　植物们依然保持着大自然赋予的美妙热情
而人心板结
荒漠化
厌世者也厌倦了自己
和生活教会她的
十九楼
她俯身接住一根丝瓜藤带来的雨珠和黄昏时
有些哽咽：
你反对的
就是我反对的

你和我

没有能够使用的词

被替代之后　被消解
在荒凉的西北山坡　衰草间
突然想起
你和我

——人类为之定义的：爱
没有能够使用的词

摇椅里

我慢慢摇着　慢慢
飘忽
或者睡去

还有什么是重要的

像一次抚摸　从清晨到黄昏
我的回忆
与遗忘
既不关乎灵魂也不关乎肉体

飘忽
或者睡去
空虚或者继续空虚……

隐约的果树
已在霜冻前落下了它所有的果实
而我　仍属于下一首诗——

和它的不可知

欢 喜

空气更好了

夜里落了雨

清扫落叶

捡拾三角梅和木棉花的花瓣

漂在水池里

释迦果越来越重了

芳香而可食

造物主爱你

昨天来过的蜜蜂又来了

它嗡嗡着像是对一种享受的解释

花园里

我们各行其是

我也哼唱

脸上泥点的欢喜

在梦里

在梦里
那些自杀的诗人朗读在那边写下的诗歌

诗歌里有死
声音更寂静了

鹰和鱼在舞蹈　茨维塔耶娃在转身：
不　请不要靠近我

这个女人怎么会有这么苍凉的背——
一个诗人的背

梦里　我看见他们——
那些自杀的诗人
一个个
谜底似的笑

——死有一张被意义弄乱的脸

回　答

并没发生什么——

快
与慢
在一张棕色的软椅里　社会学的
床单上

思想的
下一刻

在诗与酒的舌尖上……中间的左右……肉体的这儿
与那儿

命运的但是　和然而
之前

——在今生

三　亚

远离大海

紫金花就落进了我的菜篮

飞机从屋顶飞过一次

天空就问候我一次

散步时我想

这么好的空气

我却不能替你呼吸

也不能储存

不能运送到远方

孤独就是

你又重新喜欢上了自己

每天减去一餐

一斤二两重的书

每天只消化一克

万物从太阳中吸取营养

生命从死亡中吸取　一个时代呢

良好的睡眠来自满天星光
和心怀善念

母亲的阅读

列车上
母亲在阅读
一本从前的书
书中的信仰
是可疑　可笑的
但它是母亲的
是应该尊重
并保持沉默的

我不能纠正和嘲讽母亲的信仰
一代人有一代人的不同
也不为此
低头羞愧

人生转眼百年
想起她在沈阳女子师范时
扮演唐琬的美丽剧照
心里一热
摘下她的老花镜：
郑州到了　我们下去换换空气吧

大雾弥漫

我又开始写诗
但我不知道　为什么

你好：大雾
世界已经消失
你的痛苦有了弥漫的形状

请进　请参与我突如其来的写作
请见证：灵感和高潮一样不能持久

接下来是技艺　而如今
你的人生因谁的离去少了一个重要的词

你挑选剩下的：厨房的炉火
晾衣架上的风　被修改了时间的挂钟

20世纪的手写体：……

人间被迫熄灭的
天堂的烟灰缸旁可以继续？我做梦

它有着人类子宫温暖的形状
将不辞而别的死再次孕育成生

教堂已经露出了它的尖顶
死亡使所有的痛苦都飞离了他的肉体

所有的……深怀尊严
他默然前行

一只被隐喻的蜘蛛
默默织着它的网　它在修补一场过去的大风

橘子洲头

一代人有一代人的百感交集
历史有它自己的问天台　对书俑

某　地

我照常来到某地

泡温泉　吃鱼虾　海洋陆地的闲逛

躺在阳台的摇椅里看书

看旧书

看秋水共长天一色

把眼前的什么山

看成马丁·路德·金梦想里佐治亚的红山

看昔日奴隶的儿子和奴隶主的儿子坐在一起

共叙兄弟情谊……

某地阳光明媚

晒软了我

终日软绵绵的我

感觉自己从没这么像个女人

像一个美好时代减少的：黑暗中的人

增加的光明的人

恐　惧

一个谜……

黑暗中　我终于摸到了它隐秘的
线头
却不敢用力去抽

——像麦粒变成种子　又变成麦粒　又变成种子……

被一根线头折磨
我陷入了无边无际的茫然和恐惧

大疫之后

大疫之后
我认真路过每一条街
说每一句话

看时间的时候
好像什么东西存了进去

永无返还——活着　就是和每一分钟告别

地球自转加快
一天越来越短

我明白这句话时
已经两鬓斑白

——生活的最终目标是生活本身*

* 赫尔岑《往事与随想》

家　书

草儿：

保加利亚的自然风光很好

女孩子身材曼妙

大街上抽烟的

从游泳池里出来的

就更美妙

我今天到瓦尔纳了

住黑海边

这片海在不远处的希腊

又叫爱琴海

我的阳台伸向大海

有海鸥来去

有日出日落

祖国应该是黄昏

你该做饭了吧

咪咪在弹琴？

我在晨风中

柔软的沙滩上只有我和一只安静的狗

走走停停

草儿

我并没能把忧伤

扔进保加利亚共和国的黑海里
我还在不断想起……
比如此刻
比如下一刻

梦

一个小站
一些冷风
我老了
火车票也丢了
时间拎着它的风雪
我提着童年的小提琴
这有多好
我老了
我的梦让我看见：我爱过的那个人
像爱我时
一样年轻
相信爱情

漫山岛

黄昏时上岛
更寂静了

小桥　流水　柴门　棉花地
押的都是平仄韵

什么都是远的
只有照在身上的阳光是近的

失去听力的老人
更加沉默了
除了慈祥
从未奢望过另外的余生

因一朵蒲公英和两只小山羊
而跳跃
旋转
荷叶裙一圈一圈的
小女孩的快乐一直荡漾到天边

旧木窗的灯光　似萤火虫

路过的人

和神

要问候它

注　视

很多时候
人并不知道自己在想什么
一首诗知道

渴望变成种子的麦粒知道
贴在哭墙上的额头知道

这把1943年的小提琴知道
你注视它
就是拉响了它

它是你年轻时身体的曲线
风烛残年时的颤抖　咳嗽

时间是琴键上的双手
所有笛孔上的嘴唇

时间是这样一把琴弓
——只有树和鸟是本来的样子

说谎者

他在说谎
用缓慢深情的语调

他的语言湿了　眼镜湿了　衬衣和领带也湿了
他感动了自己
——说谎者
在流泪

他手上的刀叉桌上的西餐地上的影子都湿了
谎言
在继续

女人的眼睛看着别处：
让一根鱼刺卡住他的喉咙吧

云

这一天的云
似一张巨大的网

愿它漏掉小鱼
大鱼最终将它咬破
愿浩荡的鱼群顷刻长出翅膀

愿它打捞出　沉沦者的精神日出

福利院

许多纸
我们没写下什么
就成了废纸

有一张　不同
福利院的孩子
用春天的语调
把它读出声来
把细小的愿望读出声来
把驮走一块块阴影的翅膀
读出声来
喜鹊的叫声响在纸上

喜鹊的叫声响在纸上
当孩子们微笑——
朝着阳光温暖的一面

如　果

如果暮色中的这一切还源于爱情——

手中的蔬菜
路边的鲜花
正在配制的钥匙
问路人得到的方向
一只灰鸟穿过飞雪时的鸣叫
一个人脚步缓慢下来时的内心

——冷一点　又有何妨
如果这一切都在抵达着夜晚的爱情

棉花籽

一包棉花籽
会梦见什么

我童年的花棉袄
跪在床上让它一寸一寸变厚的姥姥
她低挽的发辫
对襟衣服上的盘扣　那么美

——"弹棉花　弹棉花　半斤弹成八两八"

大西北
当我想起你
漫山岛的烟雨
就带着江南的葱郁奔向你

——驼铃和昆曲相互问候　芨芨草和覆盆子相识

我梦见自己裹在襁褓里
父母年轻
理想遍地
从东向西

坚定的意志像轰隆隆的铁轨发烫

——西北有大荒凉　因而有海市蜃楼

移居长安

钟声里有十三捧黄土　一首歌
叫《长恨歌》

有一阵阵微风吹着我 2008 年突然的白发
我停止写作的理由

有神对人的宽恕和悲悯……我知道
但我不说

一件事
你还好吗？

有一双适合手风琴的手　也适合重逢
我的祈祷是有用的

有开往孤独的地铁
更广阔的空虚

有妃子们
各个朝代的哀怨　叹息

栽种玫瑰的人

一望无际的玫瑰
胳膊上密集的划痕　渗出血

墨镜才是他的眼睛
玫瑰的芬芳是黑色的——做梦吧：

用你们的脸蛋　财富　麦克风里的光荣
天空用它明亮的星星

古印度童话中　凡呈献玫瑰者
便有权恳请自己想要获得的一切

多么久远的事……我献出的吻
只是一个玩笑

仅此而已

继续做梦吧：你是我的全世界……
种玫瑰的人用玫瑰煮熟了他的玉米棒

和洗脚水……他接受了衰老

玫瑰让他老有所依　头疼医头　脚疼医脚

什么是爱情？

他是一个栽种玫瑰的人
是卡车将玫瑰运往世界时的滚滚红尘

我知道

我知道——整个下午她都在重复这句话

掩饰着她的颤抖　耻辱
她的一无所知

咖啡杯开始倾斜
世界在晃

"你知道　我比你更爱他的身体……"

是的我知道
我……知道

她希望自己能换一句话
等于这句话
或者说出这句话：
请允许我用沉默
维护一下自己的尊严吧

她希望能克制这样的眼前——
从生活的面前绕到了生活的背后

芦苇荡

云朵垂落
没有枪声的芦苇荡多么安宁

喇叭花遗忘了冲锋号
求偶飞行的翅膀代替了流血牺牲

一条小船上
站着几个诗人

他们无法分辨哪一根芦苇在躬身自省
他们知道哪些诗可以不写

流水宽阔
迎面的吹拂　甚好

有人试图解释：那片羽毛
因何突然脱离了正在飞翔的肉体

尖锐的疼痛
或自我厌倦

有人默诵自己的诗句　记得当时
望着芦苇的目光——多么年轻

像那只白琵鹭
拥有整个天空

忏　悔

——宽恕我吧
我的肉体　这些年来
我亏待了你

我走在去教堂的路上

用我的红拖鞋　用我的灯笼裤
腰间残留的
夜色

蛐蛐和鸟儿都睡着了
我还在走
所有的尘埃都落定了
我还在走

天空平坦
而忏悔陡峭

我走在去教堂的路上
崇高爱情使肉体显得虚幻
我的起伏是轻微的
我的忧郁也并未因此得到缓解

欢　呼

像羽毛欢呼着大风

我欢呼你奔腾与跳跃时的轰鸣
像滚动的雷声
传递着自己
我看见天空的震颤
黑夜的裂缝
——被你掠过时的快感

我欢呼
你带来的　新的　更猛烈的
绝望
和　灰烬——

为了爱的缘故

花木们开始用香味彼此呼唤了

如此轻易地
把每一阵暖风的吹拂
亲切成你的触摸
我的思念伸出手来
摘到水中月
镜中花

一千只一万只蝴蝶的翅膀
飞过花蕊上的露珠　甜甜的
裂开一条小缝的
还有我长椅上的心

我将这样坐下去
为了爱的缘故　直到
把一些遗漏的细节
重新想起

木雕颂

只有农耕时代
担着稻谷的人才会有的
连胡须一起颤动的
喜悦

无论他是谁　你都认领为自己的祖先

肚子还是瘪的
被压弯
不能再多弯一寸的身体
似在恳请你和他一起期盼
炊烟　从屋顶升起

木雕来自民间
一直在我书桌上
理由简单：
训练自己近乎丧失的解读喜悦的能力

宽大的斗笠下
老人一条腿跪地——一个敬献者
他把稻谷献给谁

喜悦得
连胡须一起颤动

——土地

微　醺

香水加酒精味的我
——久违了

一只狗像一个人
看着我

穿小西装
系领带
它的伙伴蓬蓬裙
蝴蝶结

它们享受着小径蜿蜒至此的幽静
草丛晃动的月光

看家护院是它们的祖先
它们是宠物

我也像看一个人
看着它
它们

还有影子

我也并非孤单一人

向　西

唯有沙枣花认出我
唯有稻草人视我为蹦跳的麻雀　花蝴蝶

高大的白杨树我又看见了笔直的风
哗哗翻动的阳光　要我和它谈谈诗人

当我省略了无用和贫穷　也就省略了光荣
雪在地上变成了水

天若有情天亦老向西
唯有你被我称为：生活

唯有你辽阔的贫瘠与荒凉真正拥有过我
身体的海市蜃楼　唯有你

当我离开
这世上多出一个孤儿

唯有骆驼刺和芨芨草获得了沙漠忠诚的福报
唯有大块大块低垂着向西的云朵

继续向西

窗外的海

你沉默
独自一人
望着它

沙滩和潮水　还记得你曾写下的笔画
——恍若隔世
不是一个人

一代人

唯有太阳
理解它照耀的山河

你内心的波澜　被反复摔碎的浪花
理解你的沉默

无论你写过多少大海的诗篇
它都会给你另一首

你跑起来了
红裙子的一角　拽着大海的潮汐

露出的腰肢

多么美

——想起即是看见

我想起
——给咪咪

想起你脸上的泪

想起我望着尘世时
想重新给你一个童年的愿望
那一刻我做了母亲
突然的海市蜃楼
多么美
突然的你
我想起草地上你说起爱情时笑眯眯的小模样
发辫挂着雨珠

喀拉峻草原的风已经停了
是我在叹息：
一个孩子必须交出阅历的成长
多么揪心啊

封面上的人

如此奢侈的仰望　高过梦想
高过天堂轰鸣的钟声
使多少方向
改变了初衷

冷静　柔软　被时间穿透的秋风
薄如蝉翼
使所有弯曲贴近内心
黑夜在东方发亮

——"我是你无数次搂抱过的女人"

低垂两滴悬空的泪
让仰望在疑惑中坚持
被自己弄脏的人
会被它
洗涤干净

小女孩

校园。隔着铁丝网望去
那个独自玩着树叶和沙包的小女孩
细瘦的
多像我
她拴好了橡皮筋　并没有跳

她该多么乏力——
如果她的心　被迫装进了大人的秘密

西南风旋来操场上的灰
她的书包里
也有一张偷偷撕下的
贴给自己母亲的大字报？
——我哭了
当我把那些白纸上的黑字
和母亲那件束腰的旗袍
扔进河里
埋在土里
碾碎在轰隆隆的铁轨上

河水里的黄昏还在

震碎耳膜的汽笛还在

她跳起来了　小女孩　欢快　明亮
橡皮筋在树荫下一次次升高
她的小衣衫被风旋起时
荡出的一截空腰
多像我——

蝴蝶结在飞

东湖需要一首诗吗

它需要有限对无限的感知
被我们玷污的词语获得清洗

清澈重新回到人的眼睛
想一想明天的生活

满天星光回到夜空
这古老的景象已经消失了

多么寂寞的现代
需要微风吹过水面　教会干枯的心

重新泛起爱的涟漪
似五线谱上的巴赫　柴可夫斯基

来过的天鹅
又来了

鱼群　鸥鸟　愿望中的丹顶鹤
需要我们带走明天的垃圾

爱　直到受伤

情人的脸　情人的皮肤　黑眼圈——
当她在阳台上阅读
或者发呆
将烟灰弹向虚无

或者　手掩着脸……哭……

而此刻　暮色将红尘抱紧
当绝望不动声色时
它是什么
绝望本身　还是它的意义？

当她继续阅读　浮动带来暗香
辽阔的黄昏带来无边的细雨
和赞美——

我赞美情人的眼泪——爱　直到受伤

聊斋的气味

一件巴黎飞来的大衣把我带进了更凛冽的冬天
威士忌加苏打的颜色
聊斋的气味
纸上芭蕾的轻柔
痛苦削瘦着我的腰

肉体消失了　爱情
在继续？

——聊斋的气味
它使黑夜动荡
使所有的雪花都迷失了方向
使时间　突然
安静下来

我把脸埋在手里
像野花把自己凋零在郊外

一件巴黎飞来的大衣
把我带进更浓烈的酒杯　偶尔的
粗话

让我想想……

让我像一团雾
或一团麻　那样
想想

作 文

在泥土之上
在呼唤之上
秋天的风　就要来了

就要来了
秋天的风

我要放下其他
拿起针线
去为另一个孩子把短袖接长

然后　说出那篇作文的开始
秋天的风和它的空麦壳
就要来了

禅　修

我在摇椅里　他们在床上
或寺院里
还有人在暮色辽阔的山坡上
滴水的屋檐下
杨柳岸
在本能对爱的练习里
也有人在一本书的空白处　烟尘里
在另一本书的插图上……
在月亮的光辉和肉体的属性里

奇　迹

她瘦小　孤单　嘴唇干裂
发辫被山风吹乱
她望着我

在日喀则
我遇见了童年的我

风吹着她胸前 1970 年的红领巾
吹着我两鬓的白发

她望着我　像女儿望着母亲
我羞愧

突然辛酸……

关于生活
我想向她解释点什么

就像一根羽毛向一阵大风解释一颗颤抖的心
像因为……所以……

寺

还剩下我

晚一些的黄昏
麻雀也飞走了

这寺
它的小和旧　仿佛明月前身
它的寂和空　没有一　也没有二

一盘棋

草木在入秋
小卒子过河了
还带去几片枯叶
和一个老人寂寞的下午时光

从黑发到白头
生命最终输给了时间　此刻
他需要一次这样的胜利：
左边的他
赢了右边的自己

似乎　生命因此多出了一个下午
甚至一个人生

巨大的　一动未动的　石头棋盘上
除了阳光和树影
还来过三只麻雀
一只松鼠
飘过天空的云朵

也飘过大地

白帝城

夜观星象
直到把黎明融入其中

一个普遍失眠的时代
有人数羊
有人默诵《出师表》
有人反复拆解着夔字的笔画
有人在天花板上临摹：万重山

观星亭
古钟高悬
飞檐上端坐着几缕清风
几个古人
看落花
听无声

我梦见自己
解开发辫
策马扬鞭
为把一纸赦书传给李白
叫醒了莫高窟壁画上的飞天：快　快

所有的

所有突然发生的……我都认定是你

一条空荡的大街

镜子里的风

脸上晃动的阳光

突然的白发

连续两天在上午九点飞进书房的蜜蜂

掉在地上的披肩

要走的神

和要走的人

心前区刺痛

划破我手指的利刃

包裹它的白纱布

继续渗出纱布的鲜血

所有发生在我身上的

都有你

跳舞吧

我存在
和这世界纠缠在一起

我邀请你的姿态谦恭而优雅
我说：跳舞吧
在月光里

慢慢
弯曲

在
月光里

月光已经很旧了
照耀却更沉　更有力

我在回忆　在慢慢
想起

你拥着我　从隔夜的往事中
退出

精神病院

我安静地玩着空气
在精神病院的长椅上

一个男人向我走来
他叫我：宝贝
他的风衣多么宽大
他的女儿像他年轻时一样忧郁　迷人

我的眼神呆滞
或缥缈
空洞或涣散

我看一会儿他们
玩一会儿空气

他叫我宝贝
在精神病院的长椅上
我已经分辨不清他是我的孩子
还是我诗歌里的情人

风中的胡杨树

让我想起那些高贵　有着精神力量和光芒的人
向自己痛苦的影子鞠躬的人

——我爱过的人　他们
是多么相似……
因而是：
一个人

不会再有例外

海　边

无论她梦见了什么　醒来

都去喂一只猫

她知道——穿法式睡衣的女人正从对面望着她

喂猫　在有泥土的地方栽种：小纸条

浇水

盼望

自言自语

她躬身

恰好吹来一阵风　那是芭蕾舞者的腰肢

她旋转　多么轻盈——似乎生活并未掏空她

她的女儿和丈夫

正从海上归来

并未死于车祸

大海的万顷波涛止于足尖——她用空无一人的谢幕

暴雨淋湿的谢幕

用精疲力竭

折磨自己……她不再是

妻子

母亲

她只是一把打开 B28 的钥匙

滴着水

震 荡

建设的声音使整座楼的玻璃
都在震荡
有人说:破坏

鸟落了那么多羽毛
我出了那么多汗
建设的声音由轰鸣变成敲打
像警笛拐进夜色

整个晚上
我都梦见自己
是一根反光的钉子
就是不知道
该钉在哪儿

邀请函

唯有自然不会让你失望
唯有自然

来吧　带着你血液里的大漠孤烟
和你身体里那个在沙漠上种下:树
的九个笔画
每天去浇水的小女孩

带上敦煌就要干枯的月牙泉
和玛曲草原把湖叫作水镜子的拉姆奶奶
她笑起来多么美：
活着心地洁白
死后骨头洁白

来吧　带着你永不疲倦的诗人之心
"试着叙述你看到的　体验到的　为之动情
和失去的……"

书房里　你的眼睛老花得越来越厉害了
一些词开始模糊
一些已经消失

你的写作变得艰难了

在书房里丢失的会在草丛中找到……来吧
自然比社会好看多了

新年的第一首诗

我想写好新年的第一首诗
它是大道
也是歧途

它不是哥特式教堂轰鸣的钟声
是里面的忏悔

仅仅一个足尖　停顿
或者旋转
不会是整个舞台

它怎么可能是谎言的宫殿而不是
真相的砖瓦
和雪霜

它是饥饿
也是打着饱嗝的　涉及灵魂时
都带着肉体

是我驯养的　缺少野性和蛮力

像我的某种坐姿

装满水的筛子……

亲爱的补丁

像一块补丁
炫耀在一个漏洞上
一块比漏洞更危险的补丁

在这个下午
在这个时间顷刻到来之前
这不是我
想要的

不是我的肉体跪在自己的灵魂面前时
疼痛的裙裾
想要的

——亲爱的下午
或亲爱的补丁

切 开

她切开了一只蜜柚
她允许可吃的部分不多
允许小和空
为消磨时间的吃
只是一个动作

时间还早
刀也还锋利

她又切开苹果　橘子　木瓜　南洋梨
这些有核带籽的果实
多么值得信赖
她用蜜蜂的嗓音
用泥土和汗水和草帽的嗓音
和它们说话……
她恍然于自己把美好情感寄托于童话的能力

她好像打了一个盹

突然　她指着窗前的月亮：
你——都看见了

如果我在这里坚守了道德

是因为我受到的诱惑还不够大

表　达

点到为止的蓝

它准确地抓住了一朵浪花
抓住一朵浪花
就抓住了一个大海
抓住了波澜的翅膀　隐约
但值得渴望的
灯塔

——一盏已经灭了
另一盏正在飘

喧哗能看见什么
在寂静的倾听里
它几乎表达了无限

暮 年

她左边多出的　右边减少的　以及
那些爱情
是否真的存在过
都不重要了
接受了早安的问候
现在她接受晚安
并允许接下来的暮年抒情——
多好的夜色啊
游离于哲学和宗教之间
它是我床前的
而非纸上的
我曾经用它做梦　眺望　爱
——像花儿怒放
又像果实
饱满
多汁

现在　我只用它睡觉
在消失的欲望和谎言中

青　春

站着——

女孩嘴巴圆润
男孩看上去慌乱

站着——

背着书包站着
贴着墙皮站着
用肯定式站着
用否定式站着

脸对脸
站着——

滚烫　懵懂　无处搁置的青春
狠狠
站着

活　着

他们都走了
我也从事故现场的叙述中侧过身来

我活下来是个奇迹

这多么重要——我认出了自己
和他们：
母亲　草人儿　咪咪　一截电线上
悬着的
一小排雨

与命运的方向完全一致　或者
截然相反？

多年以后
一道疤痕的痒
是对这个女人完美肌肤的哀悼……与回忆

他们都走了　我慢慢移动到阳台上
在人类最容易伤感的黄昏时分
看着

想着

舔着泪水

——是的　上帝让我活下来必有用意

诗人之心

一个生词：职业革命者
上午的阅读停止了

以革命为职业
那流血牺牲呢？
我望文生义
浮想联翩

我已经很少浮想联翩了
天天向下的还有我根须一样的想象力

眼眶潮湿
或悲从中来
不是胸前佩戴过的红领巾
档案袋里的誓言
思想里的白发
而是一颗天真的诗人之心

我需要这场雪

我需要这场雪
我需要某个清晨拉开窗帘看见世界的变化与陌生

我需要孩子们看见大地上属于自己的
那一行小脚印
孩子们的笑声
难道不是人间最美的天籁
他们正在笑

是的我需要
我需要看见人类相互搀扶　彼此温暖的这一刻

——这突然涌出的泪水
柔软的迷茫　空白　模糊不清的辨认　眺望……

像爱　需要一次动摇
一次怀念
像时间可以拆开
我需要这样一条短信：
我生活在与你相会的希望中

——我需要眼前这一切

英雄·美

英雄和美
都老了

一朵雪　在我们相握的手上
怀着时间和风雨的歉疚

雪花很小
落得很轻

有一句问候　与问候
不同
往昔在里面
未来也在

多好的眼前——
往事看着昨天
我
看着你

从酒吧出来

从酒吧出来
我点了一支烟
沿着黄河
一个人
我边走边抽
水向东去
风往北吹
我左脚的错误并没有得到右脚的及时纠正
腰　在飘
我知道
我已经醉了
这一天
我醉得山高水远
忽明忽暗
我以为我还会想起一个人
和其中的宿命
像从前那样
但　没有
一个人
边走边抽
我在想——
肉体比思想更诚实

下　午

又一个下午过去了

我人生的许多下午这样过去——

书在手上

或膝上

我在摇椅里

天意在天上

中年的平静在我脸上　肩上　突然的泪水里：

自然　你的季节所带来的一切　于我都是果实

为此刻署名

不是我想要的——

一些词替换了自己
一些撑开了伞
某种力量消失了

那就为此刻　署上我的名字：
书房里的自然光
烟草味
用力碰过的酒杯
比一首诗更重要的
交谈

和窗外
草地上
去掉了尿不湿
从婴儿车上站起身来
哗哗尿尿的男孩
他父亲开怀的笑声

阳光照旧了世界

弥漫的黄昏与一本合上的书
使我恢复了幽暗的平静

与什么有关　多年前　我尝试着
说出自己
——在那些危险而陡峭的分行里
他们说：这就是诗歌

那个封面上的人——他等我长大……
如今　他已是无边宇宙中不确定的星光
和游走的尘土
哲学对他
已经毫无用处

品尝了众多的词语
曾经背叛
又受到了背叛
这一切　独特　又与你们的相同　类似？

阳光照旧了世界
我每天重复在生活里的身体

是一堆时间的灰烬　还是一堆隐秘的篝火

或者　渴望被命名的事物和它的愿望带来的耻辱？

幽暗中　我又看见了那个适合预言和占卜的山坡
他是一个人
还是一个神：
你这一生　注定欠自己一个称谓：母亲

新　年

我正在拥抱你
你说的另一个我
也在拥抱着你
亲爱的
此时
此刻
我　和另一个我
在一起——
在新年的钟声和焰火里
一起拥抱着你

大于诗的事物

太阳像一坨牛粪

吃羊肉啃羊头的诗人起身盟誓:来世变成草
我变什么呢
花瓣还是露水

还是刺?
天知道哪片云彩里有雨
谁知道你?牦牛还是卓玛

那个叫上帝的?一定还有什么
还没发生
还在命里

大夏河　我掏出我的心洗了洗

时间如此漫长
一条完美的裙子
一场爱的眼泪
还应该有一种随时准备掉下来的感觉

大于诗的事物:天祝牧场的炊烟

重 复
——给草人儿

病床上　她的女儿蜷缩着
睡着了
三岁的小胳膊连着液体
她心疼
哭
——让我孩子的病得在我身上吧

这是谁　曾经在她的病床前重复过的一句话
母亲！

她哭
眼泪看见未来
是的
有一天
她的女儿也将以母亲的身体
体验一颗母亲的心

继续重复这句话
——让我孩子的病得在我身上吧

哈尔滨　滑雪

好吧我说：我一再向教练请教的
不是如何让自己滑得优美　流畅
而是如何及时地刹住自己
在我想停下来
或不得不停下来的时候
能够迅速而体面地控制住自己的身体
和可怕的惯性……

而从前——不远的 2008 年之前
我　不是这样

孤独的丝绸

一只沉寂的蝴蝶
在孤独的丝绸上失眠
——夜　那么长

它看见虚幻的翅膀正在飞翔
飞翔掠过苍茫
看见一些月光在郊外怀旧

被她轰轰烈烈抛弃的
正是她想要的
——当她沉思　两个乳房　很重

它看见风　风吹过就走了
它看见雨　雨下完就停了
——夜　那么长

对应内心的渴望
它看见假花上的那只蜜蜂
不再飞走了
它把尴尬　一直
保持到最后

——"我多想是一片安眠药"

一个假如
从丝绸上经过

失眠在飞翔
　　虚幻在飞翔
　　　　飞翔在飞翔
　　　　　　——夜　那么长

妇女节

会议室里会有什么声音?

妇女的节日
妇女们聚在了一起
妇女们独自笑着
又相互笑着

情人节刚刚过去
挥发香水的最佳温度就要到来

越来越模糊——妇女们的笑
使阳光乏力
阵雨飘忽
一幅幅标语摇曳不已

收割后的向日葵
就是竖在大地上的一根根长杆子
就是会议室里的一幅画

有一刻
雨停了
妇女们在鼓掌

安 检

张开手臂

脱掉靴子

和大衣

探测棒在我身体上游来游去

一条小鱼

我有了溪水清澈的感觉

溪水是安全的

是激烈的闪电平静于大地

那团火早就灭了

此时的我

和五天前

站在这里的我

是同一个

活着玩的

停　顿

它就要飞走了
一只假花上的蜜蜂

倾听的白纸上
我说出了这只蜜蜂的
沮丧——
它使春天
出现了一次　短暂的
停顿

草　原

除了这些简单的绿
还有我
和漫不经心的羊

一朵云飘的时候是云
不飘的时候是云
羊一样暖和

被偶尔的翅膀划开的辽阔
迅速合拢

在我从未到达的高度
鹰
游戏着
俯冲的快感

落日和暮色跟在后面

爱　我的家

因春光而明媚
落叶归根时我坠入我的爱
爱　我的家
让我把外面的风尘
关在外面

被清风细雨抚摩的幸福
可以拿到太阳下晾晒的幸福
让我心甘情愿
做一次袋鼠

一个女人的衣襟里
仅有爱　是不可靠的

像音符抓住了琴弦
你抓住了我以外的什么

随父姓的胎儿
我们的小王子
我努力把你的嘴型生得高贵

像你母亲
　　只传播幸福
　　不渲染苦难

眺 望

风云从苍白转向暗红
在窗前迂回

炉火熄灭了
一堆冷却的铁
和背过脸的裸体
仍维持着烘烤的姿态
倚窗眺望的女人
她的紫色乳房
高过诱惑
装满遗忘

她看见了时间也不能看见的

写　作

让我继续这样的写作：
一条殉情的鱼的快乐
是钩给它的疼

继续这样的交谈：
必须靠身体的介入
才能完成话语无力抵达的……

让我继续信赖一只猫的嗅觉：
当它把一些诗从我的书桌上
叼进废纸篓
把另一些
叼回我的书桌上

让我亲吻这句话：
我爱自己流泪时的双唇
因为它说过　我爱你
让我继续

女人的　肉体的　但是诗歌的：
我一面梳妆

一面感恩上苍
那些让我爱着时生出了贞操的爱情

让我继续这样的写作:
"我们是诗人——和贱民们押韵"
——茨维塔耶娃在她的时代
让我说出:
惊人的相似

啊呀——你来　你来
为这些文字压惊
压住纸页的抖

2019 年　清明

我亲吻着手中的电话：
我在浇花　你爸爸下棋去了
西北高原
八十岁的母亲声音清亮而喜悦
披肩柔软

我亲吻1971年的全家福
一个家族的半个世纪……我亲吻
墙上的挂钟：
父母健康
姐妹安好

亲吻使温暖更暖
使明亮更亮
我亲吻了内心的残雪　冰碴　使孩子和老人
脱去笨重棉衣的暖风

向着西北的高天厚土
深鞠一躬

赫塔·穆勒

它提供证据　遗言　被剥夺与被埋葬的声音
与谎言相反的细节　提供政权
所恐惧的　乱哄哄的广场的怀疑
白雪和鸽子的叹息：
不合作的神啊
不合作的天意

—— 一首诗　被翻译之后　你还好吗？

看 海

那是海鸥
翅膀点击着浪花

那是我们经常用来形容内心的——波澜
也形容壮阔的时代

在祖国的海边
我们谈论往事　一代人的命运

当我发呆　我的手再次被1996年的
某个下午握住
——那没有当即发生的
就不会再发生

那是海底的天空
闪电在潜水

大海使太阳诞生　一跃而起　那巨大的光芒
使天空踉跄了一下
又挣扎着
站稳了

诗　人

你有一首伟大的诗　和被它毁掉的生活
你在发言
我在看你发言

又一个
十年

我们中间　有些人是墨水
有些人依旧像纸

春风吹着祖国的工业　农业　娱乐业
吹拂着诗歌的脸
诗人　再次获得了无用和贫穷

什么踉跄了一下
在另一个时代的眼眶　内心……

当我们握手　微笑　偶尔在山路上并肩
在春风中——
我戒了烟
你却在复吸

我正经历着一场必然的伤痛
你的婚姻也并不比前两次幸福　稳固

伯格曼墓地

你好伯格曼

你真的很好

你 12 克重的灵魂和法罗岛的海鸥赞同

被你用黑白胶片处理过的人类的疯狂与痛苦

也赞同

与你的墓碑合影

谈论你的女人

我们知道那是怎么一回事

却无从猜测大师的晚年

将自己隐居起来的内心

和他壁炉里彻夜燃烧的波涛

我们无从猜测被波罗的海的蔚蓝一再抬升的

落日

仍在天上

你在地下

哭泣和耳语

那个戴着小丑面具的妇人

她的发辫和裙子多么美——当她躬身

脸颊贴向墓碑

伯格曼　你的墓前盛开 1960 年的野草莓

神在我们喜欢的事物里

我躺在西北高原的山坡上
草人儿躺在我身旁
神在天上

当沙枣花变成了沙枣
神在我们喜欢的事物里

我一个孩子懂什么阶级
没有了小提琴
我孤单地跟着一条小河
几只蝴蝶　翻山吃草的羊群

几个音符跟着我……

高原上　当我对一只羊和它眼里的荒凉与贫瘠说：
神在我手心里
我一定紧紧攥着一块糖

而不是糖纸包的玻璃球
不是穷孩子们胃里的沙枣核

乡　村

老鹰捉小鸡的田野

稻草人眼里有一群麻雀

阳光里有雨

那个旧布衫的女人

她的身体里有一只做梦的花瓢虫

尖麦芒的声音里有血

炊烟里

有一支疲惫的歌

背画夹的女孩

独自站着：向日葵的影子里有一个凡·高

今日一别

回忆：

哪一个瞬间
预示着眼前

——今日一别　红尘内外

什么是圆满　你的寺院　禅房　素食
我选择的词语：一首诗的意义而非正确

江雾茫茫

靠翅膀起飞的
正在用脚站稳　地球是圆的

没有真相
只有诠释

……仍是两个软弱之人
肉身携带渴望和恐惧　数十年

乃至一生：
凡我们指认的　为之欢欣的　看着看着就散开了

去了哪里
人间也不知道

首尔·早晨

这样早
一只喜鹊站在教堂的十字架上

我停下来
朝日在云中　在荡漾

一只喜鹊
在十字架上
它沉默
它不开口

——我们人类真的还有什么好消息吗?

而我已立下誓言:热爱以后的
生活　爱
索尔仁尼琴的脸

汨罗江畔·独醒亭

你的魂灵会来此坐一坐?
从屈子祠的铜像里起身

绕过天井和桂花树　后人凭吊的
诗文辞赋　仿佛生死可以重逢

独醒亭
只有亡灵一次次返回　只有风

愿从70公里外的山路上走来叫杜甫的人
写出杜甫　血就热了　平江县小田村

他是自己坟头的荒草　断碑　那只
前世是诗人　今生依旧一身冷汗的龟趺

一条汨罗江
两个老魂灵

有时　他们同时从汨罗江起身?
江水无声　人形的伤口迅速愈合

皓月当空与天降大雪　独醒亭
你选哪一个?

屈原执手：大庇天下寒士俱欢颜？
杜甫抱紧自己散架的老骨头　无语凝噎

必定有一场大雪　需要这两个老魂灵的脚印
一场低声交谈……

一只学舌的鹦鹉告慰春秋　盛唐　舞台上的追光：
与天地兮同寿，与日月兮齐光

——这样的想象鼓舞着我键盘上的双手
然而——

这注定是一首失败的分行　山河如梦
谁又能写好这三个字：独醒亭

也无论你将闪电捆成多少狼毫
也无论你将舞台搭在天空之上

默　念

我默念着一些好词
身体动了一下
它在表达感知美好事物的能力
当我把一些词还给词典
一些锁进抽屉
这些词把我带进了幻想……和
重温的喜悦……

沿河散步

像往常一样

我们沿河散步

交谈着心事之外的话题

沉默时　倾听

河水流去的声音

有一声叹息

轻于落叶

轻于听

有一些停顿

发生在内心

并不亲切

也不厌倦

散步时肩并着肩

一些情不自禁的哼唱

流行歌曲的歌词

像往常一样

他对着河水说

这歌词不错

对着河水

我也这么说

嘉陵江畔

雾起
云落
牵着一只小狗散步的女人
是欢喜的
狗的忠诚
似乎愈合了人的伤口里
永不结痂的哀怨

——如果事实并非如此
就是这首诗的愿望

江水平静
青山隐约
当她和小狗一起奔跑
腰肢柔软
双乳含烟
远近的黄昏
都慢了下来

这里……

没弄丢过我的小人书

没补过我的自行车胎

没给过我一张青春期的小纸条

没缝合过我熟得开裂的身体……这里

我对着灰蒙蒙的天空发呆　上面

什么都没有　什么都没有的天空

鹰会突然害怕起来　低下头

有时我想哭　我想念高原之上搬动着巨石般

大块云朵的天空　强烈的紫外线

烘烤着敦煌的太阳　也烘烤着辽阔的贫瘠与荒凉

我想念它的贫瘠！

我想念它的荒凉！

我又梦见了那只鹰　当我梦见它

它就低下翅膀　驮起我坠入深渊的噩梦

向上飞翔　它就驮着我颤抖的尖叫

飞在平坦的天上——当我

梦见他！

这个城市不是我的呓语　冷汗　乳腺增生

镜片上的雾也不是　它不是我渴望的

同一条河流

一个诗人床前的

地上霜　我抬头想什么

它永远不知道！渐渐发白的黎明

从未看见我将手中沉默的烟灰弹进一张说谎的

嘴——　它有着麦克风的形状

我更愿意想起：一朵朵喇叭花的山冈

和怀抱小羊的卓玛　神的微笑

在继续……那一天

我醉得江山动摇

那一天的草原　心中只有牛羊

躺在它怀里　我伸出舌头舔着天上的星星：

"在愿望还可以成为现实的古代……"

黎明的视网膜上

一块又似烙铁的疤

当它开始愈合　多么痒

它反复提醒着一个现场：人生如梦

你又能和谁相拥而泣

汉娜·阿伦特将一场道德审判变成了一堂哲学课

将她自己遗忘成一把倾听的椅子

失去故乡的拐杖……

人类忘记疼痛只需九秒钟

比企鹅更短

那颤抖的

已经停下

永不再来

只有遗忘的人生才能继续……这里

我栽种骆驼刺　芨芨草　栽种故乡这个词

抓起弥漫的雨雾

一把给阳关

一把被大风吹向河西走廊

而此刻　我疲倦于这漫长的

永无休止的热浪　和每天被它白白消耗掉的身体的激情

哪一只手

这只手直截了当
这只手把每一分钟都当成
最后的时刻
这只手干得干净　漂亮
——气流　风　玻璃的反光
为这只手侧身让路
并帮它稳住了一只瓷瓶

月光在窗外晃来晃去
像是在梦境里搜索
这一只手
是哪一只手

霍　金

这个替我们仰望星空的人走了

万物都有结局

你是今天英国《卫报》讣闻中写的那个人

是百度百科上的这个人

但你是诗人向下的笔突然抬起的停顿

最好的那一行

这一天

你让地球上的人类在同一时刻

集体问候了一次宇宙

它的回复

已无人破译

一团白

这样的时刻　谁
是一团白
挤过门缝里的黑夜
径直　向着你的方向

从欲望里飘出
又隐入欲望
一团痴迷的雾
在感动自己的路上
只有形状
没有重量

向着你的方向
比秘密更近
比天堂更远
在曲折的疼痛和轻声的呼唤之上
此时此刻
在苍茫的中央

独　白

被称为女人
在这世上
除了写诗和担忧红颜易老
其他　草木一样
顺从

2020 年 几张照片

没有合适的词
神的词典里也没有

一饮而尽
咽下 2020 年全部的难过与悲伤

这样的时刻
鸟儿收拢翅膀　身体隐向草丛

被塑成铜像的人
不再遵循人间凋敝的规律

我收藏的一个黄昏
呼啸山庄缺少一枚落日

你的人生缺少一次相逢……你们
是姐妹　知己　曾相濡以沫

那是我准备重读的书和老花镜
每一种孤独都在寻找它的源头

哲学在星星眼里是什么东西
枣树还是溪流　或窑洞宾馆

我认真注视过的一张脸
我至今用他的逻辑学治疗失眠多梦

渐渐有了鼾声
婴儿的睡姿

那是"酒"字的全部写法
我们从中获得了真言的力量？

捉雪花的孩子在笑　跌倒了
爬起来继续笑——世界依然美好

饮酒啊饮酒
以孔雀饮水的姿态饮酒

明月在杯中
李白在天上

新　疆

从看见

到继续看见……

从抚摸到抚摸……到

听……

——辽阔的新疆　为什么我至今还没有写下你的诗篇？

祈愿锁

活着的人　有着怎样的心愿——

"愿我嫁给爱
和自由　而非一桩交易"

——此处山河多雾

欢欢　一只患抑郁症的小狗终于解脱了
可爱的童体字　刀刻的眼泪

——一个孩子对死亡的理解从一只狗开始

我是谁？
狂草适合问天

——山中不知道　下了山就知道了

"必须有人承担回忆的责任……"
这是一把锁　还是西西弗斯滚动的石头？

——雨水和锈　掩盖了刻刀断过的痕迹

小鸟为什么站在这里
只有这把锁插着它的钥匙

——美好时代就是对人民的幸福负责

祈愿锁像活着的人默默挽起了手臂

动　摇

一树动摇的桃花使几只蜜蜂陷入了困境
它们嗡嗡着
嗡嗡着

风不停

它们嗡嗡着
在春天的正午
在一个歇晌女人曲折隐秘的心思里
嗡　嗡着

风不停　从新疆吹来的风　不停

从报社出来

我路过那些发呆的人
发愁的人

就是这个酒吧
有我喜欢的歌手——我想抱抱他
他从前叫相濡以沫
现在叫相忘于江湖

——我路过了自己的一首诗

我眼前的广场　到了夜晚　多么空虚
那个 20 世纪被雕塑的人
咳得更猛烈了
他长衫上的纽扣　咳掉了一个
又补了三个……

是谁　让一只飞鸟穿越时空的风霜
落在了我面前
迈着它可爱的小步子
静静地陪我走了一小段

——是我路过的这一切
还是呼啸而来的生活
让路灯下两个颤抖的影子　拥抱得更有力　更紧

鞠　躬

向你内心的秘密鞠一躬吧
向它沉默的影子

向你隐藏着爱的秘密的身体——
它寂静的灰烬或燃烧的火焰
鞠一躬吧

——有时　它就是你生活的全部意义

落日仍在天上

孩子们追赶横行的小蟹
我们并未掏空所有的大海

小蟹每钻一次沙洞
海滩上就出现一朵沙菊花

我数着
数不尽

孩子们踩着浪花越跳越高　这么美
我们也不再谈论远方——

被塑料袋堵住喉咙的海龟
油污粘住翅膀无力起飞的海鸟
集体自杀的海豚

罪恶均摊
大海的苍茫也来自我们内心

落日仍在天上
它投射在海上的光　像一根燃烧的蜡烛:

……要忏悔

不要《忏悔录》

——我用舌头舔着大海

一本可能的书

我们谈到了森林和溪水

一间可能的木屋

它的常青藤　三叶草　迷路的狐狸

和它眼里的露水

你和我

爱上爱情的同时

也爱上了它的阴影　冷颤　危险

它的二十首情诗和一支绝望的歌

雨水　薄雾　蝴蝶与花香

红嘴雀的情歌

唱来了更小更缓慢的动物

脱离了肉体的翅膀它的飞翔是可能的!

你和我

——一本可能的书

它的歧义　荒诞　在时间的书桌上重新获得了意义

第六病区

有人玩着空气
有人正把自己的影子按进一堵墙里
呼救声捂在手心里

有人用昼夜做成剪子是因为
那些叫想法的东西
就隐藏在空气里
一直剪下去
它们就不会连接成一条绳索

如果她将乱发束起
头顶正盘旋着一只海鸥
就是马克斯·克林洛油画中站在礁石上的女人

打完这些药水
我能变成一条鱼吗?

——她替我们疯着

再写闪电

我要写那些等待闪电照亮的人
那些在闪电中奔跑着　用方言呼喊的人——
喊向干渴的麦苗
荒芜的山坡
也喊向自家的水窖
脸盆
茶缸
孩子们灰土的小脸　小手

——湿漉漉的闪电　在甘肃省定西县以北
你预示着的每一滴雨
都是有用的
每一滴
都是一个悲悯这片土地的神

覆 盖

一场雪 覆盖了许多
另一些
还露着

一个忧伤的肉体背过脸去

从天堂出发的雪花 并不知道
它们覆盖了什么
不知道
神 怎么说
人的历史
怎么说

宽恕一切的太阳
在积雪的瓦楞上
滴下了它冰冷的
眼泪

玉苍山

在玉苍山
我有过一声惊呼：我的影子

大雾弥漫的重庆
我已经很久没见过自己的影子了
而在我成长的西北高原
这是多么平常的事

万物有其影
我有失而复得的喜悦

我是一个有影子的人
——在碗窑古村落的戏台上
我走着碎步
甩起水袖
用戏曲唱腔继续念白：

在西隐禅寺　它又回到了我的身体里

花朵的悲伤减轻了果实的重量

是花朵的悲伤减轻了果实的重量
她的叹息
使我们停顿

她的美
正路过我们
和街边的塑料植物

哦　她的美
比一次日出
更能带给我们视觉的黎明

如果我们刚才
还在和这个世界争吵
现在　要停下

要倾听
她最轻的叹息
比一颗呼啸的子弹
更能带给我们牺牲的渴望

她的美——

西藏：罗布林卡

它是我来世起给女儿的名字：罗布林卡
它是我来世起给女儿和儿子的名字：罗布和林卡

它是我来世想起今生时的两行泪：罗布……林卡

2008年11月19日

我假装是快乐的
礼花已经点燃
祝福就要开始
我假装已经遗忘了左边的背叛
右边的伤害
中间弥漫的谎言
当月亮像太阳一样升起
或者像寒霜一层一层落地
我甚至假装爱上了虚无的人生
和它镶着金边的
辉煌阴影：
"我永远爱你……"

我假装喜欢这张脸——当我决定：
迅速生活

阳台上的摇椅

它摇着空
那并未开始的另一种人生……

它摇过生于1953与1993的不同但
同样是短暂的欢悦和长久的空虚

这些叫声婉转或尖厉的鸟儿
无论叫什么名字　天空都叫它：翅膀

它摇着仅仅用来眺望
而非陷入回忆的阳台

花盆里的麦苗
将自己栽种到辽阔田野的愿望

从世界退回到一颗心：
……那一夜的泪水洗净了我一生的脸

它摇着我用舒服的姿态读过的书
删除的人　这一年或那一年

只读不写的理由　哦　线装书里的山河
什么才是：从没有谁像这个人那样是那么多人

它摇着蓝了一会儿的天空取悦时代的决心
一个阿尔茨海默症患者回首往事的企图

从西藏回来的朋友

从西藏回来的朋友
都谈到了那里的蓝天和雪

谈到灵魂的事
仿佛一卷经书就足够了

大大小小的寺
仿佛一盏酥油灯就足够了

大喇嘛　小喇嘛　白白的牙
仿佛一碗圣水就足够了

牛的神
羊的神
藏红花的神
鹰的身体替它们飞翔

——一句唵嘛呢叭咪吽
就足够了

墓园的雪

凹陷和突兀的雪
偶尔的风

雪很美
无人打扰的雪
松鼠和鸟儿无人打扰的睡眠
很美

有人躺在雪的深处
沉思默想

雪压住墓园
正确和错误　在这里
显出同样的寂寞
雪　显出本身的白

浮 动

她不是人间烟火的 是昆曲
和丝绸的

是良辰美景奈何天的 当她发呆
一个人看雨
在花店里绣白玉兰
绣：上善若水
她的美 上浮百分之二十

江南
旧木窗的黄昏

湿漉漉的 她哼唱 恍若叹息：
我把烟花给了你
把节日给了他

但以后不会
她的美 又上浮百分之二十

我梦见了金斯伯格

我梦见了金斯伯格
他向我讲述垮掉的生活
缓慢　宁静　越来越轻

时间让生命干枯
让嚎叫变哑
金斯伯格没有了弹性

格林威治正是早晨
白雪和鸽子飞上了教堂

我梦见
我们是两本书
在时间的书架上
隔着那么多的书
他最后的声音译成中文是说：
别跟你的身体作对

干了什么

——她在洗手

——她一直在洗手

——她一直不停地在洗手

——她把手都洗出血来了

——她干了什么?

——到底……干了什么?

在欲望对肉体的敬意里

这样的鼾声和夜晚多么亲近
我看着你——
时间磨损着爱情
也把它擦亮

这些桌子　椅子　这张陌生
而洁净的床
都在这样的鼾声中踏实睡去

这么多年过去　我还爱着
这爱情提升着我
像秋天的落叶　又在春天
重返枝头

这么多年　你在我的诗歌中隐身
在我命运的侧面
在欲望对肉体的敬意里

我看着这一切——
月光在流动
黑夜在行走

我正在你身边

因为幸福

身体有了今天的姿态

浅水洼

除了他们　还有我

享受着朴素的命运带来的

一心一意

如果这时雨停了

瓦楞上还滴着几滴

他们就会独自走出来

修伞人

磨刀人

扎花人

——一些简单的人

幸福　来自每一下

所用的力

雨点很大

落得很重

流水载着落花

如果雨停了

我们一起绕过一个浅水洼

它一望便知

我的心

离他们

有多近

斯古拉

斯古拉落雪了吗?
落了
小小的沙棘果就熟了
孩子们唱：让马儿闪闪发光的树……

跳下云朵
努力返回故乡的长尾鸟
在童年的溪水中看见自己了吗?
看见
它就老了

斯古拉
每一个生灵都有来世
每一条溪水都来自前生

当我们靠近
用胳膊遮住笑容的吉姆奶奶
她的四颗门牙都补上了吗?
补上
草原的笑容就露出来了

寂静啊
你有没有来世变成一块云朵一座雪峰的愿望
有
你的眼泪就下来了

小教堂

孤零零的小教堂

没有上帝的小教堂

已经没有人知道来历的小教堂

羊粪蛋和狗尾巴草

一朵蒲公英

在弯腰祈祷：

风啊

让我等到籽实饱满吧

让我还有明年……

青　海

大风过后
天　空荡
青海　留出了一片佛的净地

——塔尔寺在风中　酥油花开了
花非花
第一朵叫什么
最后一朵是佛光

这尘世之外的黄昏
——菩提树的可能　舍利子　羊皮书的预言
以及仓央嘉措的情歌

这冥冥中的——因……果……

夕光中
那只突然远去的鹰放弃了谁的忧伤
人的　还是神的

然而　可是

一片空白

来自一个失眠的大脑

渴望成为塑像的愿望使他血脉偾张

浑身发烫

关了灯

他制造黑暗

拆开苦难的18个笔画

捆在身上

插在头上

蒙在脸上

以即将倒下但可以呼救的姿态倾斜着自己

接下来是真理

然而

真理过于抽象

且不实用

他拎出其中的王

玩了玩

霸王别姬

又装上

这一切似乎远远不够……可是

站成一首危险的诗——他命令
墙上的影子

啪——啪——

然而　并没有谁的肉体因此成为黎明前的青铜之躯
是两个拾荒的老人早早出门了

判　决

一场被叙述的苦难里不能没有眼泪
像童话不能没有雪

我同情左边的人
我同情右边的人

当月光潜入草丛
我同情一个判决里两个相反的伤口

判决捍卫真理？
另一个真理——

一个母亲
爱她的好孩子
也爱她的病孩子

甚至更爱她的病孩子

儿童节

他在等他们醒来——
彻夜的争吵使他们疲惫
看上去很累

小男孩穿戴整齐　独自系牢鞋带
背起了双肩包
在小板凳上
在玻璃窗前
在儿童节的兴奋里
等他们醒来
——乘4路车　去动物园

母亲在发呆
一再将枕头和身体移向床边
突然她一跃而起
父亲的鼾声停止了
争吵在继续……

可怜的小男孩　他背着双肩包
在小板凳上
在玻璃窗前

来回哭泣

——他希望自己有一张植物或动物的脸

哀 悼
——给诗人昌耀

他闭上了眼睛
不像是生命的结束
更像是对生命的一次道歉

——低于草木的姿态
使草木忧伤

巢穴收回它所有的鸟儿
那俯冲而来
又弥漫开去的苍茫
为一个低垂的头颅
留下了哀悼的位置

在黄果树瀑布想起伊蕾

纪念一个诗人最好的方式
读她的诗——

"白岩石一样
砸
下
来"

生前只见过一面
松软的沙发前　是壁炉和篝火
你的长裙拖着繁花　带来

安静　你递来的酒杯里晃动着一个大海
可能的日出——"我愿意"
而人间教堂的门
并未开启

与瀑布合影
突然的小鸟
填补了你的位置
年轻诗人模仿你

常用照片的眼神——我也曾模仿

"那尊白蜡的雕像"
是哪一尊?

无人的走廊
独身女人的卧室
——我继续读　而黄果树轰鸣

瀑布继续:超越一个优秀诗人
意味着超越一个时代

冬　酒

烧一壶老酒
暖冬天
喝不喝　都是幸福

随便说些什么都很惬意
谈谈雪　雪白不了鹰的翅膀

说说鱼　鱼在冰层下
仍然活得很健康

像那个黑衣人　和头顶的太阳聊着天
走得挺悲壮

揣一壶老酒
闯冬天
醉不醉　都说真话

去马尔康　途经汶川

在马路边
坐下

……剧烈晃动的
在泪水中又晃了一次

爱我们的地球　它还保管着灵魂

上苍赞同
落下细雨

提着篮子卖水果的妇女
站过来：都是自家院子里的

苹果　李子　葡萄　小枣
——她重新栽种的生活！

会在哪一刻　突然哀泣……

她不老
头发全白了

你篮子里的阳光多少钱一斤?
她笑　继续问

她继续笑
笑声里有一座果园的欢喜

晚　年

他说着
他一直说着
显出澎湃的激情
和久违的快感　夜深了

空无一人的会议室里
他对漆黑说着
对空荡
对生命的晚年……那些曾经的掌声
并不传来回声
只有猛烈的咳嗽被麦克风传向浩瀚的夜空

他捧着心说着
直到天空渐渐发亮

他并没有对一只突然进来的猫说：
你好
请坐

他哽咽：我这一生几乎都是在开会中度过的

铜　镜

我喜欢它
它就来到了我的书房
和卡尔·马克思的《资本论》挨在了一起

它是大唐的还是晚清的又有什么关系
它是从前的

当日光退去
夜幕降临
《资本论》思乡般把自己还原成德文
它就把自己颤抖成一个音符
踩着我的黑白琴键
和空气中的氧
回到了从前
王和后中间
妃子和桃花的左右

用青铜的声音
对从前的月亮和江山说：他们用诗歌
说谎

龙门石窟

世事变
佛的目光不变

须弥台上
石佛还是一千三百年前的眼神
把一缕竹林清风望成
布衣长衫
就有了顺着伊河漂回古代的愿望
唯有河流通往古代
清朝只需道听途说
我也嫁给了汉人
历经十八帝的宋朝
骤雨初歇
每一只寒蝉都叫着柳永
满地黄花都是李清照
在唐朝
我要多停些时日
唐朝好啊
唐朝的女人都胖了
在马嵬驿　我

朝思：天长地久

暮想：有尽时

哭得像个泪人

起身时

甩着衣袖上的今生

用戏曲唱腔念道：

这诗……就……停在这儿了

日　记

去了孤儿院

月亮是中秋的

月饼是今年的

诗是李白的

孩子们的小衣服是鲜艳的

小手在欢迎

一切　都是适合拍摄播放的……

院长的笑容谦虚

办公室的奖杯是镀金的

君子兰是开花的

标语是最新的

孤儿院的歌声如此嘹亮

我的心却无比凄凉

回到家　我认真地叫了一声：妈！

拉卜楞寺

我的围巾被风吹进寺院的时候
那个与我擦肩而过　呼呼冒着热气的喇嘛
呼呼地　下山干什么呢？

街上的藏族人少了　集市散了
格桑花顺着大夏河的流水走远了

相面人把手伸进我钱包的时候
那个瞎眼打坐的老阿妈是用什么看见的呢？

接着　她又看见
天堂寺以西
她的小卓玛已经上学了
牧区的春风温暖
教室明亮
鹰　在黑板上飞得很高

今生啊——
来世——
风在风中轮回

凡事宽容　凡事相信　凡事忍耐
——我以为这对我眼下的生活有用
但我并没快乐起来

——我没说啊　佛是怎么知道的呢?

甘南草原

不要随手取走玛尼堆上的石头
或者用相机对准那个为神像点灯的人

不要随便议论天葬

不要惊醒一只梦见仓央嘉措的鹰
但你可以在暮色中
哼唱他凄美的情歌

不要试图靠近：
一条朝圣路上的鱼
一只低头吃草的羊
昏暗中苦修的僧人
和他裸露着的半个肩膀

更不要轻易去打扰那个叫阿信的诗人

在时间的左边

是劳动的间歇
或一年中的好时光就要过去
画布上的女人们
在时间的左边
晾晒着酒枣香气的身体

这样的香气里
有没有游丝般隐秘的哀愁?

在微醉的群山和哗哗的流水之间
在往昔与未来的风口
因劳动和幸福而得到锻炼的双乳
——它的美
一点也不显得奢侈
和浪费

呵　好时光
一轮好太阳
在它就要消失的时候
竟怀着对女人和流水的歉疚

东郊巷

像这条街厌倦了它的肮脏　贫穷　和冷
弹棉花的厌倦了棉花堆
钉鞋人厌倦了鞋
他们允许自己
停下来一小会儿
幻想一下更广阔的生活——更广阔的
可能……

——比一小会儿更短
那更广阔的
就退缩到眼前
——生存的锥尖上

并允许它再次扎破一双瘀血和冻疮的手

我挨着你

像幸福挨着幸福
我挨着你

多么矫情的陈述
全为强调他们坐过的位置
曾留在我们中间

这一刻的心满意足
能持续多久?

残酷的经验啊
使一个值得抒情的姿态
变成了说文解字的醒悟
我是他可以省略的偏旁
他是我可有可无的部首

——像错字挨着错字

死亡也不能使痛苦飞离肉体

我看见了墓碑上的一句话——
"我还欠自己一个称谓：母亲"

死亡也不能使痛苦飞离肉体？

公墓区的月亮
洒下安眠药的白
所有的黑　都泛着青

——"我还欠自己一个称谓：母亲"

我仰望星空
像女人那样仰望星空
像女人那样流泪
——不　是她　在我的眼泪中
流泪

——死亡也不能使痛苦飞离肉体

认　亲

日出天山
新疆辽阔

欢乐的歌舞　美酒　葡萄干之后
无人和她相认

望着窗外的风雪　老人哼起忧伤的歌
像失去了一个真正的亲人

"感谢晚点的飞机……我认领的
维吾尔族亲戚是一位年迈的女性入殓师"

——在遥远的麦盖提
诗人沈苇继续写道：

她不与人握手
不对谁说再见

照片上　她的披肩是秋天的果园
她在笑　人类的笑容不需要翻译

在遥远的麦盖提
老人并不明白维汉两族认亲的时代意义

只知道活在世上
多一个亲人的好

涌泉寺祈求

让孩子们呼吸无毒的空气
喝干净水

神啊　让世人掏出自己的心肠
洗一洗

让后面的人吃从前的食物
用从前的月光
从前的秤砣
睡得踏实些吧

你允许世界辽阔　举目无亲
你不允许诗人和麦粒也已万念俱灰

手　语

两个哑孩子

在交谈　在正午的山坡上

多么美　太阳下他们已经开始发育的脸

空气中舞蹈的：手

缠绕在指间的阳光　风　山间溪水的回声

突然的

停顿

和

跳动

多么美

——如果　没有脸上一直流淌着的泪水……

抑 郁

她给患抑郁症的丈夫带来了童话

她用童声朗读着它

她带来雪花的笑声

蜂的甜蜜

带来魔术师的手臂

在消毒水气味的春天里

她用身体里的母性温暖着他

在他抑郁的身体上

造了一百个欢悦的句子

花落了又开

春去了又来

泪水漫过她的腰

在消毒水气味的春天里

在一棵香椿树下

她像知识分子那样

低声抽泣——

而这一切

并不能缓解他的抑郁

阿木去乎的秋天
——致某画家

我放弃了有《圣经》的静物　和它可能成为的
另外的东西

我放弃了多

我留下了阿木去乎的秋天
阿木去乎
所有的荒凉
都在它的荒凉里消失了

小和尚

不挑水
也不过河　眯着眼
笑

三亩春风
两道闪电
一个意念：把自己笑到一朵桃花上

然后呢
这是谁的问题　蜜蜂
还是蝴蝶

还是弗洛伊德？

然后
继续笑

老　人

老人哭过了
现在她坐到了公园的长椅上
她经历了什么
怎样的辛酸
或悲愤
她的坐姿告诉我：
从未奢望过完美的人生
也不接受没有尊严的生活

马王堆三号汉墓·博具

飞鸟
云气
还在

它的玩法已经随着一个朝代的结束
失传了

小木铲
象牙筹码
球形十八面骰子
有西汉的人间烟火

——轻徭薄赋
与民休息

棋子似西汉的星空
触不可及

争胜负
赌输赢

我问:
左边的时间
是否赢了右边的自己

阿姆斯特丹之夜

倾斜或者摇摆
裹胸或者吊带
或者赤裸
玻璃房里的女人是粉红的　职业的　肉体的贸易
是合法的——阿姆斯特丹

教堂的钟声和圣诞树
暧昧的英语和花街
粉红的女人——
我惊叹于其中三个和五个等待时的美

哦　上帝在西方
我的问题是东方的

风从风车中来
吹过广场　塑像　吹着黑鸽子晚祷的翅膀
吹着我们交头接耳的汉语

阿姆斯特丹之夜
我梦见了安徒生童话里的雪
我没梦见我的爱人
和我的祖国

落　实

有些词语必须落实在某些人的头上　命运里

与他们彻底遭遇

这些词才能得以实现

才不会被人类渐渐遗忘

而源远流长……

聊天室

一个资产拥有者在抽烟　喝茶　玩打火机
咳嗽时　摸一下给市场经济
下跪过的双膝
他再一次强调：拒绝任何形式的回忆

我们的评论家　在批判一只鸟：
从民间的树杈向政府大楼的飞行中
这只鸟彻底完成了立场的转换
它的叫声
是可疑的
必须警惕

我喜欢的诗人　他们叫她
女诗人：
我被告知朗诵
就是说　我必须公开发表一次
我的脸蛋　三围　我新衣服里的旧身体

一个农药时代的菜农　正在努力表达
喜欢你以后……
他陷入了语言的沼泽地

每一次用力
都意味着更深的绝望

正是这个菜农
最后对互联网说:
再新鲜的语言也抵不过一把具体的菠菜

他的鹅毛笔一直在晃　是写童话的安徒生:
大雪已经落下
奇迹并没出现
卖火柴的小女孩全白了
在新年的钟声敲响之前
我必须让她哭泣的舌头　舔在我文字的
奶油蛋糕上

儿　歌

坡
上的时候是坡
下的时候是坡
——孩子在唱一首儿歌

谁的声音
像墙角堆积的冷风：坡……

牵着时间的手
孩子们在唱一首新学的儿歌

同样的歌词
他唱着别的什么

他们独自唱着
在各自的世界里

又相互模仿着
在傍晚的飞雪中

2010 年除夕

最后一夜……

她当然知道自己在说什么
当然

没有勃拉姆斯　也不是 1896 年
他从瑞士赶往法兰克福的那种痛苦

冰雪大地的上空
政府在燃放烟花

人民或者生活
在吃团圆饭

那些包着火的纸　在往好处想——
那些正在变成尘埃的眼泪
将要变成纪念碑的石头

和铜

丝绸之路上的春天

先是黄沙和黑风
使天空变低
然后是单薄的绿叶纷纷脱落
细细看　每棵青草
都闪过一次腰

这里的人们　也在春天谈情
说爱
交出爱的方言
和成熟的身体
交出做人的欢乐

在丝绸之路的丝绸上写下：春天

牵着风筝
我们的孩子
踮起脚
就能摸到低飞的麻雀和燕儿
干裂的唇

干裂着小嘴

孩子们用橡皮

在作文本上擦去

黄沙

黑风

西北风就酒

西北风就酒
没有迷途的羔羊前来问路

我们谈论一条河的宽阔清澈之于整个山河的意义
彼岸之于心灵

中年之后
我们克制着对人生长吁短叹的恶习

不再朝别人手指的方向望去
摆放神像的位置当然可以摆放日出

你鼓掌
仅仅为了健身

真理与谬误是一场无穷无尽的诉讼
而你只有一生

自斟自饮　偶尔也自言自语
时代在加速　我们不急

远处的灯火有了公义的姿态却缺乏慈悲之心
我们也没有了一醉方休的豪情

浮生聚散云相似
唯有天知道

每次我赞美旅途的青山绿水
我都在想念西北高原辽阔的荒凉

村　庄

她在门槛上打着盹
手里的青菜也睡着了

正在彼此梦见

孤独是她小腿上的泥
袜子上的破洞
是她胸前缺失的纽扣
花白头发上高高低低的风

孤独　是她歪向大雾的身体和寂静的黄昏构成的
令生命忧伤的角度

——只有老人和孩子的村庄是悲凉的

诗歌问候哲学
——给 LY

诗人进京了
去看一双康德穿过的皮鞋
北京　给诗人一个好天气吧

像德国　给哲学家一条栽种着菩提树的小道

地球已经衰老
但这两样东西还在：
我们头顶的星空和心中的道德律

不可知论者
与美好和崇高感情的观察者也在

人们依然不会向上跌一跤

一生没有离开过出生地 40 公里范围的康德
他的鞋
来到了 21 世纪的中国

像诗歌问候哲学

诗人问候着康德

老康德　你要努力把其中的一只鞋
向上抬一抬

如果这一只　意味着我们人类
日渐低落的道德准则
就再抬一抬吧

谎　言

小鸟死了

死于雨夹雪
天上掉下一颗小星星
死于漫长的黑
另一只鸟对它的思念
——谎言近乎完美

餐桌上
我们交换着各自的谎言
被一个六岁孩子确信的目光

晨光中
他照例为小鸟捧去一碗清水
空荡荡的鸟笼前
他的小胳膊抖了一下
眼泪流了出来：
小鸟飞走了

天上人间
六岁的声音多么美好：
小鸟又飞回树林了……

孤儿院

我眼前的标语
气球里的节日

那些攀着梯子刷标语的哑孩子
继续刷着
为孤儿院的光荣与明天
他们的哑
越攀越高

摸到了天空的空
雷声替闪电看见一张脸——孤儿的脸

—— 一张全世界孤儿的脸
这世上　没有什么是相同的
只有孤儿的脸

时间的叙事

她好像有事　要和路人商量
她挡住他们的去路
拽着他们的胳膊　衣袖

又像有什么秘密　必须告知
后来者
她贴近了他们的耳朵
又慌忙捂紧了自己的嘴
来来回回

她扔出过土块　树枝　手里的空气
找过他们
——右派的亡灵还是造反的肉体？
又扔出围巾　纽扣　一个疯子的喊

广场上　这个女人像一片哀伤的羽毛
抖动着自己

什么使她突然安静下来——仿佛
在自身之外　她的静
很空

她踮起了脚尖——芭蕾般站着

脖子和脸

一再侧向虚无

仿佛世界是一潭冰冷的湖水

而她　是一只冻僵于 1966 年的天鹅

当有人说起我的名字

当有人说起我的名字
我希望他们想到的是我持续而缓慢的写作
一首诗
或一些诗

而不是我的婚史　论战　我采取的立场
喊过什么
骂过谁

北宋官瓷

我想起一个诗人
一个把瓷写得最好的诗人

我试图再一次理解——品质与技艺

瓷的完美使我们残缺
一首伟大而神性的诗同样使我们显得更加平庸

确　认

那是月光
那是草丛
那是我的身体　我喜欢它和自然在一起

鸟儿在山谷交换着歌声
我们交换了手心里的野草莓

那是湿漉漉的狗尾巴草
和它一抖一抖的小绒毛

童年的火柴盒
等来了童年的萤火虫

哦那就是风
它来了　树上的叶子你挨挨我　我碰碰你
只要还有树
鸟儿就有家

那是大雾中的你
你中有我？

那是我们复杂的人类相互确认时的惊恐和迟疑

漫长的叹息……就是生活

生活是很多东西

而此刻　生活是一只惊魂未定的蜘蛛

慌不择路

它对爱说了谎?

世界诗歌日

一首好诗有诸多因素
有时　仅源于诗人穿了一件宽松的外套
和一块香樟木片

对　饮

从黄昏一直到凌晨

那是一支什么曲子?

我们慢慢喝着

你豪迈时

我也痛快

用火柴点烟

风就吹得猛烈

也吹来黄葛树的花香

从黄昏到凌晨

都说了什么

我还哭了一会

还跳了舞

拍打空气

如手鼓

裙子旋出荷花

与此刻融为一体

又准备为下一刻脱出

鼓掌时

你一饮而尽

一支什么曲子

像我们做了　却没做好的一件事

天上星星一颗两颗千万颗

一只蜘蛛来了

我拱拱手：来了

你是谁

我应该知道

但我喝多了酒

有些迷糊……

那是一支什么曲子啊

像一个人经过另一个人的一生

并未带来爱情……

祈 祷

在无限的宇宙中
在灯下
当有人写下：在我生活的这个时代……
哦　上帝
请打开你的字典
赐给他微笑的词　幸运的词

请赐给一个诗人
被他的国家热爱的词
——这多么重要

甚至羚羊　麋鹿　棕熊
甚至松鼠　乌鸦　蚂蚁
甚至——

请赐给爱情快感这个词
给孩子们：天堂
也给逝者

当他开始回忆
或思想：

在无限的宇宙中
——在我生活的这个时代……
噢　上帝　请赐给他感谢他的祖国
和您的词

唱吧……

在新疆　有太阳的地方
就有十二木卡姆　眼泪变成大地的葡萄

　　唱吧

在新疆　有篝火的夜晚
就有生之美好　身体的闪电啪啪作响

　　唱吧：两只小山羊爬山的呐
　　　　　两个小姑娘招手着呐

在新疆　有你的地方
就有诗人　天真拥抱着天真

　　唱吧：我想过去呀心跳的呐
　　　　　我不过去吧心想的呐

在新疆　鹰荡着秋千的地方
就是暮色中被雨淋湿的喀拉峻草原

　　唱吧：我想留下呀狗咬的呐

　　　　我不留下吧心痒的呐

　　在新疆　有村庄和墓地
　　就有人相信爱情　写出这两个字我的心就软了

　　　唱吧：在那遥远的地方

你在敦煌

你在敦煌
震撼过我的金色荒凉
在你脸颊流淌

一条被沙砾打出窟窿的裙子　夜晚
你旋转
整个星空在你身上

在古阳关遗址
多坐一会
掏出我送你的牛皮酒袋
猛灌几口

扯开嗓子
吼一曲《阳关三叠》　热血生黑发
生海市蜃楼

一定有这样的时刻：
你抬头想念谁
云朵就飘出他的模样

敦煌风大
万念变轻
把自己当一粒沙
在大风中
慢慢靠近莫高窟

见了反弹琵琶的飞天
替我鞠一躬

秋　天

一阵猛烈的风
秋天抖动了一下
那么多石榴落下来
寂静在山岗的哑孩子　奔跑着
欢乐的衣衫鼓荡着风　他又看见树下的另一些

这是我多么愿意写下去的一首诗——

秋天的大地上：那么多猛烈的风　幸福的事　奔跑的孩子
红石榴

博　鳌

博鳌是私人游艇的
也是百姓渔船的

但归根结底是百姓渔船的
无产阶级是社会的主体

用一只胳膊拥抱我们的友人
用意念解开他胸前的纽扣：

"我脱下的不是一件外衣
是我失去的那只手臂撕下我的皮"

大海风平浪静　辽阔的海面上
晃动着一个叫私人游艇的火柴盒

他把方向盘交给时代的波澜
时而交给大海的惯性

更多的火柴盒　成功者　浮出水面的精英
毛发一律向后飞扬：

"我的谎言是纯净的
不掺和一丝真相"

精英意味着一个时代的方向
谁是后天的被告?

我习惯百度的右手像鼠标点击着空气
美好时代是由什么构成的?

我的海上问题将在岸上结束
在友人花园的宽大摇椅里消失

人类对自己的审判　以及达利笔下
那块软体表　都有着滑稽相

两地书

活着的人　没有谁比我更早梦见你

你对我说……

你对我说……

你的死对我说……恍若

来世……致敬：

今生

李白像前

很好　用泥土为诗人塑像
比用金子更好

风向西
他的胡须向东

五花马　千金裘　呼儿将出换美酒
那个叫李白也叫杜甫的唐朝

喜鹊站在飞檐上
就像月亮站在太阳下

墓地与遗址
存在与虚无
人或者神

——这台阶之上的黄昏
有人开始思想：在我做诗人的这个时代……

晚晴室

弘一在此圆寂

悲欣交集时　悲多一点
还是欣的墨浓一点：我这次走后

今生不能再来了……生锈的
铁窗外　是一个新世界

每个向里看去的人
都看见里面的一个自己

无边与有限
哪个启示肉体　哪个抚慰灵魂

光影迷离　秋风将落叶堆在一起

我揪下一根卷曲的白发
枯井　老树　踢皮球的小男孩

哪一个是你——昔日舞台上
茶花女的扮演者　一念放下

万般从容……夕阳之时
去无尘台　你的舍利子在那里

人生的许多时间并不属于自己
弘一　我这一天　属于你

旧衣服

洗净
补上缺失的纽扣
叠好
整齐地放在手提袋里

在离柿子树稍近的地方
让捡拾的人
像在秋天
捡起一个落地的果实
那么自然

飞雪下的教堂

在我的办公桌前　抬起头
就能看见教堂
最古老的肃穆

我整天坐在这张办公桌前
教人们娱乐　玩
告诉他们在哪儿
能玩得更昂贵
更刺激
更二十一世纪
偶尔　也为大多数人
用极小的版面　顺便说一下
旧东西的新玩法

有时候　我会主动抬起头
看一看飞雪下的教堂
它高耸的尖顶
并不传递来自天堂的许多消息
只传达顶尖上的　一点

酒吧之歌

我静静地坐着　来的人
静静地
坐着

抽烟
品茶
偶尔　望望窗外
望一望我们置身其中的生活

——我们都没有把它过好！

她是她弹断的那根琴弦
我是自己诗歌里不能发表的一句话

两个女人　静静地　坐着

夜晚的请柬

吹进书房的风　偶尔的

鸟鸣　一种花朵

果实般的香气

晾衣架上优雅而内敛的私人生活

和它午后的水滴

对爬上楼梯的波浪的想象……

下一首诗的可能

或者钢琴上的巴赫

勃拉姆斯　她习惯了向右倾斜

偶尔在黑键上打滑的小手指

米兰·昆德拉的　轻

夜晚的请柬上：世界美如斯

喜 悦

这古老的火焰多么值得信赖
这些有根带泥的土豆　白菜
这馒头上的热气
萝卜上的霜

在它们中间　我不再是自己的
陌生人　生活也不在别处

我体验着佛经上说的：喜悦

围裙上的向日葵爱情般扭转着我的身体：
老太阳　你好吗

像农耕时代一样好？
一缕炊烟的伤感涌出了谁的眼眶

老太阳　我不爱一个猛烈加速的时代
这些与世界接轨的房间……

朝露与汗水与呼啸山风的回声——我爱
一间农耕气息的厨房　和它

黄昏时的空酒瓶

小板凳上的我

此 岸

过了如意桥
就是曾消失的半镇寺院
一些词过去了
不再回来
我不过去
也没有完成一首诗的意愿
完成意味着了结
对有神论之事
我不想了结
清风杨柳
如意桥连着此岸烟火
都活着
就不存在真相
只有选择

想兰州

想兰州
边走边想
一起写诗的朋友

想我们年轻时的酒量　热血　高原之上
那被时间之光擦亮的：庄重的欢乐
经久不息

痛苦是一只向天空解释着大地的鹰
保持一颗为美忧伤的心

入城的羊群
低矮的灯火

那颗让我写出了生活的黑糖球
想兰州

陪都　借你一段历史问候阳飏　人邻
重庆　借你一程风雨问候古马　叶舟
阿信　你在甘南还好吗

谁在大雾中面朝故乡

谁就披着闪电越走越慢　老泪纵横

一首诗

它在那儿
它一直在那儿
在诗人没写出它之前　在人类黎明的
第一个早晨

而此刻
它选择了我的笔

它选择了忧郁　为少数人写作
以少
和慢
抵达的我

一首诗能干什么
成为谎言本身？

它放弃了谁
和谁　伟大的
或者即将伟大的　而署上了我——孤零零的
名字

望　天

望天
突然感到仰望点什么的美好

仰望一朵云也是好的　在古代
云是农业的大事
在今天的甘肃省定西县以北
仍然是无数个村庄
吃饭的事

而一道闪电
一条彩虹
我在乎它们政治之外的本义

看啊　那只鸟
多么快
它摆脱悲伤的时间也一定不像人那么长
也不像某段历史那么长

它侧过了风雨
在辽阔的夕光里

而那复杂的风云天象

让我在仰望时祈祷：

一个时代的到来会纠正上一个时代的错误

桃花源

没有人会遇见陶渊明

我遇见了另一个自己
爱布衣　敬草木　抱孤念　不同流俗

——一会儿也好

观花即问神
云朵也是花
流水远去
它们不去

在喊水泉
我喊：五柳先生
果然有一股清泉自巨石裂缝涌出

三维空间多么有限

我喊一声
就有枷锁从身体剥落一次

脱去枷锁的身体——就是我的桃花源

溶　洞

无中生有的恍惚之美——

如果你正在读《站在人这边》
就会在潮湿的石壁上看见一张诗人的脸

那是一只飞出了时间的鹰　羽翼丰满
那是天天向下的钟乳

还是上帝的冷汗：冰川融化　生物链断裂
石壁的断层　似树木的年轮

所有的神话都摆脱了肉身的重量
一个奇幻的溶洞需要多少次水滴石穿的洗礼？

一个诗人意味着接受各种悲观主义的训练
包括为黑板上的朽木恍惚出美学的黑木耳

如果你指认了某个美好时代的象征
你会默念与之相配的名字　思想的灿烂星空

当然要为溶洞里稀少的蕨类植物恍惚出坚忍的意志

为消息树恍惚出一只喜鹊

为一匹瘦马　一架风车恍惚出堂吉诃德
已经很久没有舍不得把一本书读完的那种愉悦了

那是绝壁之上的虚空
某种爱

头发已灰白
心中静默的风啊　什么才是它的影子